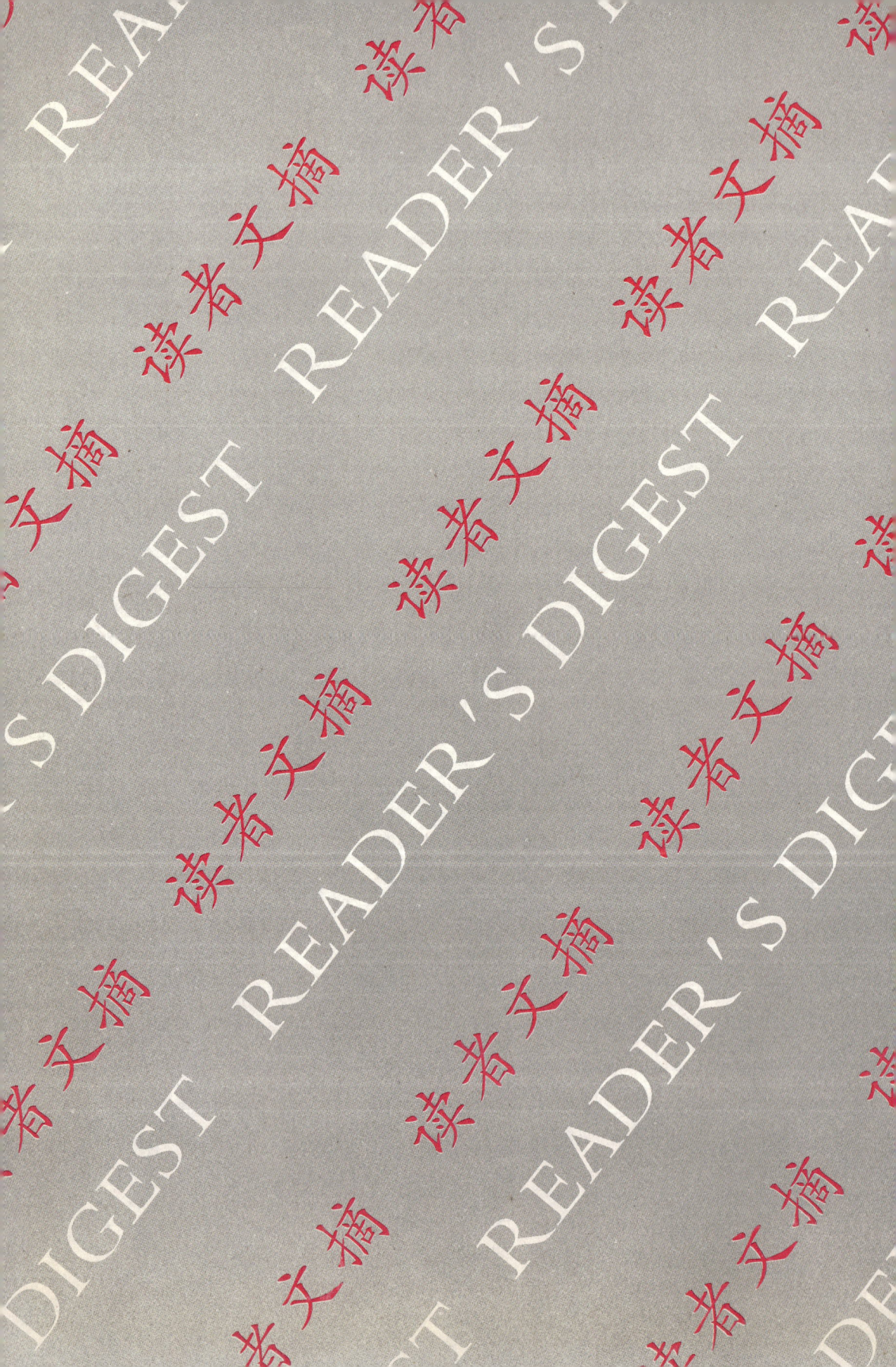

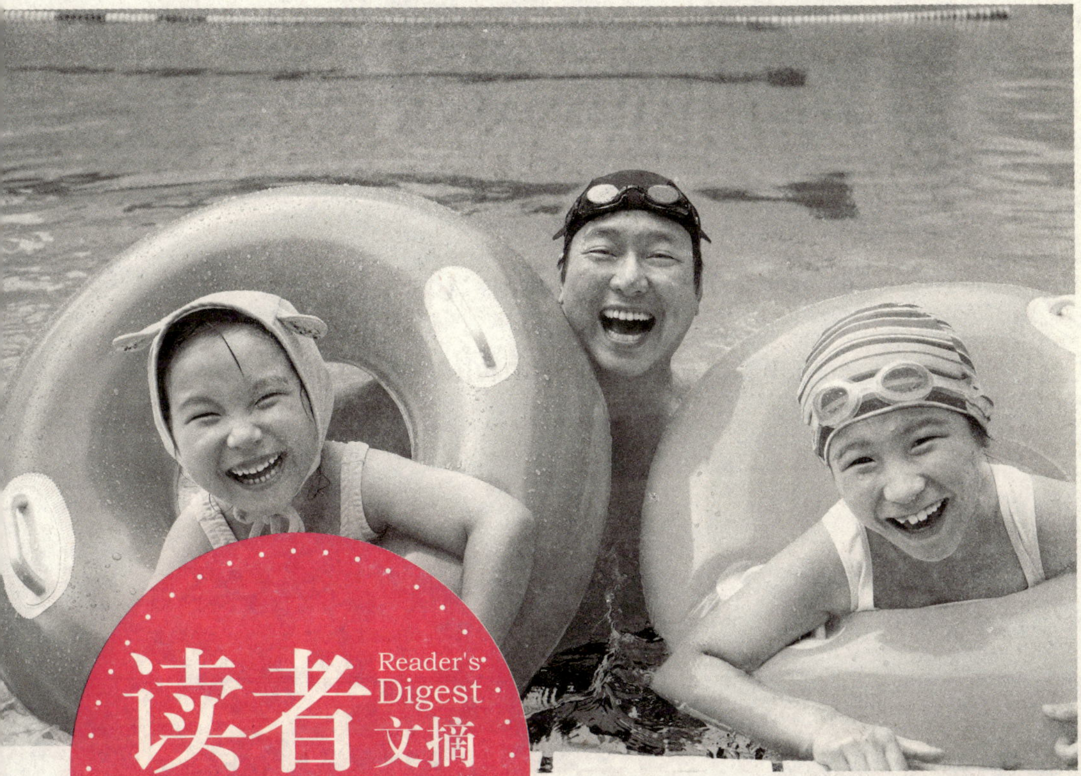

读者文摘
Reader's Digest
（智慧篇）
Zhihui Pian

佳作评选精华版

成功没有彩排的机会，每一天都要以正式上场的姿态面对。琐碎的光阴，庸常的日子，读一篇读者文摘，为疲倦的身心注入新的活力。《读者文摘》好运将一路相随！

一点点悟透人生的奥秘，一步步走入幸福的深处。

每个人都是花色的

吴 泓／著

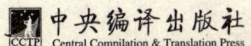

中央编译出版社
Central Compilation & Translation Press

图书在版编目(CIP)数据

每个人都是花色的 / 吴泓著. -- 北京：中央编译出版社，2014.2
(读者文摘)
ISBN 978-7-5117-1899-0

Ⅰ. ①每… Ⅱ. ①吴… Ⅲ. ①散文集–中国–当代
Ⅳ. ①I267

中国版本图书馆 CIP 数据核字(2013)第 274916 号

每个人都是花色的

出 版 人	刘明清
排版制作	腾飞文化
责任编辑	邓永标　余海伦
责任印制	尹　珺
出版发行	中央编译出版社
地　　址	北京西城区车公庄大街乙 5 号鸿儒大厦 B 座(100044)
电　　话	(010)52612345(总编室)　　(010)52612371(编辑部)
	(010)66161011(团购部)　　(010)52612332(网络销售部)
	(010)66130345(发行部)　　(010)66509618(读者服务部)
网　　址	www.cctphome.com
经　　销	全国新华书店
印　　刷	北京盛兰兄弟印刷装订有限公司
开　　本	710×1000 毫米　1/16
字　　数	180 千字
印　　张	14
版　　次	2014 年 2 月第 1 版第 1 次
定　　价	28.00 元

本社常年法律顾问:北京市吴栾赵阎律师事务所律师　　闫军　梁勤
凡有印刷质量问题,本社负责调换。电话:(010)66509618

Foreword

让人心颤的静寂

——吴泓散文集《每个人都是花色的》序

阵 风

（一）

我已经记不清吴泓是什么时候把他的散文书稿交给我并请我写序了，但可以肯定的是在一年多之前。现在才想起来给他写点文字，实在想对他说"不好意思""对不起"之类的话，但一想到他是个"礼让三贤"的人，这样做一定会使他来一番"反道歉"，反而会增加他的麻烦，我也就假装无事或心安理得了。

可以说，这是一篇严重迟到的序！

（二）

第一次看到（而不是听到）吴泓的名字，大约是在 1999 年，那时我在报社文艺副刊部。一天，在一堆自由来稿中，我突然发现有个陌生的名字，本来陌生的名字不可能吸引住眼球，问题是这个陌生的名字写了几篇吸引眼球的文章：《迟子建：在反滥情文化中穿行》《陈染，无处告别》《从赵玫、铁凝至赵凝，看都市女性文学的面孔》等。

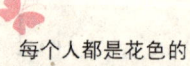
每个人都是花色的

Foreword

如果是在高校或者文学编辑部，收到这样的文章是再平常不过的事了，可这是在"文学评论"这片根据地上尚无"星星之火"的揭阳啊。于是我按照作者所留下的电话打了过去，想看看他是何方人氏，遗憾的是，手机一直关机。我只依稀记得他住榕城飞燕区，但没有联系上，可吴泓这个名字却从那时起就刻在我的脑海里。也许我在这方面的记性还不错。

也不知过了多久，我才在友人的推荐介绍下认识了吴泓，而且知道他了更多的情况。此时，我发现，现在的吴泓和先前的吴泓已判若两人，这从他的文风中隐约可以看出，直至好久之后，才知道他确实正向另一片净土深度推进。

无论如何，从那时起，吴泓留给我的印象是谦逊、好学、多才。

（三）

吴泓是多才的，这从他的作品集中完全可以看出来，收入本书的文章共有四辑，虽都可归入散文一类，但领域十分广泛，既有抒情状物，也有人物通讯、读书感受、地方历史小考，还有周易研究心得及参禅顿悟之类的短文。

在这庞杂的一本书中，我深深地领悟到吴泓要在这浮躁的世界中寻找栖息的一片净土，那是心灵的净土。

我们都是凡夫俗子，谁都免不了从俗如流，但人与动物有异，是由于人有丰富而复杂的思想，人不甘于完全物化，随波逐流。因而，每个人都渴求在心灵深处寻找一方永久寄居的宁静之地。

在很多办公室里，我们经常会看到墙上挂着"宁静致远"的书法，但真要做到这一点的确不容易。吴泓似乎已经找到通往"远方"的入口处，所以他总能处于"静"的境地。

Foreword

在吴泓的文学世界中，我们常常可以看到这样的文化符号：闲、灯、灯芯、烛光、夜雨、寒夜、梦、凌云处、虚心、山水、荒漠、红尘……由这一组文化符号所组合起来的无疑是远离凡尘、远离喧嚣的宁静世界。

这是让人心颤的静寂！

当然，吴泓绝不仅仅要在这片世界上孤芳自赏或自我标榜什么，我以为他的出发点在于忠告人们：要通往彼岸，必须守住精神世界的最后一道防线。换句话说，只有守住精神世界的最后一道防线，我们才能诗意地、永久地栖居在这个世界上。

如果从文学的阅读角度来说，我更偏爱他的第一辑，在这一辑中，思想藏得住，不外露。这才能显示艺术的魅力。

我不可能完全读懂吴泓，但正因为这样，我才试图去读他，哪怕啄出点草芥也是有意义的事！你以为然否？

（作者系广东作协会员、诗人、小说家）

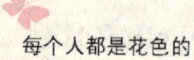
每个人都是花色的

Foreword

启人智慧，导人安详

——读吴泓君散文作品集《每个人都是花色的》有感

彭妙艳

在岭东地区，吴泓的散文以"禅静"为营建核心而独树一帜。在这人心浮躁、信仰出现危机的时代，诸如此类的散文虽然不是救世的灵丹妙药，但却可以给予人们某种程度的慰藉，委实别有意义。

对于吴泓，原本我不熟悉，只是由于他的散文集子行将出版，携来清样要我写点序言模样的文字，因此对其作品浏览一过之后，才有了如前所述的印象。

似乎可以这样说，无论哪一题材、哪一体裁的散文，吴泓都还没有成为写作上的行家里手，他还处于摸索尝试之中。好在平时积累的深厚，思考的透彻，使他有着广角的视域，多元的手法，独到的思辨，于是尽管收进集子的这些作品，没有传统写法那样集中、凝练的艺术效果，但是他那天女散花般的见闻与感悟的挥洒，他那天马行空般的佛性和禅心的奉呈，使得他的作品具有的独特审美意象和思想力量纷至沓来、滔滔不绝。正因如此，对于吴泓的散文，我持赞赏的态度，并愿为之推荐宣传。

吴泓虽然年纪不大，却是很有素养的佛学信徒。如同大多数居士一样，生活在人境而又信佛的吴泓，他不是那种苦对清灯黄卷、封闭了自己感情的人物，只是由于信仰、修养的不同，他对客观世界的认识，才有了不同"凡人"的眼光和情趣。

  他追求静境,做着静中求新、不断攀登思想高峰的功夫。他的作品弥漫着禅意、禅心,呈现一种虚空而有丰富内涵的境界。在这个文明急需重构的时代,作家的观念与追求虽然不见得在于社会主义核心价值观的范畴,但可以肯定的是,它们在真、善、美这一普世需求的界域上交汇。无需强析唯物、唯心的差异,只要对于普罗大众的心灵有所安抚,有所慰藉,就可以一样为和谐社会所需。

  当然,在表达形式上可以不同,以为说教有用无妨说教,如若推崇灵山法会拈花微笑那种,我想也应受到欢迎。受着佛学熏陶的吴泓,通过文学去体现自己"以出世精神,干入世事业"的情怀与追求,让他的作品别开生面,确乎大有益于启人智慧,导人安详。

  当然,文学与佛学毕竟不同,文学重于让人接受感染;佛学重在让人体悟,这是最根本的区别所在。然而,佛知道,凡和圣、黑和白等等这一切名称都是人们领悟和认识事物以后安立的符号。佛是虚名,道亦妄立。符号的存在目的是为人交流感情、传达思想提供方便,而不是事物本身。佛的根本,在于心的体悟。体悟到"本源虚空",则说佛说道,就是抓住了本质的东西。有意以佛理为灵魂,以文学为载体而在思想、文化建设上有所建树的吴泓君,诚然还有许多具体的拿得起、放得下的功夫要做,不只是一个"静"字了得。

  我是不信佛的,吴泓却把这个"涉佛"散文集子写序的事情指定给我,我于是不知天高地厚,而以自己所知,写了上面几段话,是否佛头着粪,不得而知。阿弥陀佛!

  (笔者系广东揭阳黄岐山大道北段名邦家具广场后街粤东文化工程院)

目录
Contents

第一辑　伤感的传说是一束紫罗兰

冰糖葫芦 / 002
酸菜美食 / 005
美丽紫菜 / 007
一骑红尘 / 009
雾失楼台 / 011
烛光晚餐 / 013
花城往事 / 015
羊城场景 / 018
中秋夜景 / 021
秋夜胜景 / 024
夜幕雨景 / 026
不见流星雨 / 028
错误的相会 / 033
结缘报恩寺 / 036
游天山古寺 / 038

目录 / Contents

沙漠绿洲游记 / 041
凤凰山水情相忘 / 043
江水悠悠灯芯洲 / 045
闻说双溪春尚好 / 048
竹杖芒鞋轻胜马 / 051
及凌云处且虚心 / 054
溪云初起日沉阁 / 057
寒夜客来茶当酒 / 061
夕餐秋菊之落英 / 065
闲敲棋子落灯花 / 067
江湖夜雨十年灯 / 070

第二辑　怀念如是洁白的雪花

怀念祖母 / 076
一根稻草 / 080
如菊笑容 / 084
仁者乐寿 / 087
吾师杰辉 / 090
红衣表姐 / 093
表妹吴畅 / 096
记吴邓娟 / 098
友情如画 / 101
心云如云 / 104
民警阿桦 / 109
女警神枪手 / 112
洪腔薛泽游 / 115
龙岗追贼记 / 117

目录
Contents

天涯·明月·刀 / 120
童年腐乳饼 / 127
郑素亮丑匾中的老人 / 129
狂野心魂停在午夜声音里 / 132

第三辑　采撷忘川之上桂花的幽香

杜鹃花 / 138
百合花 / 140
胡姬花 / 142
紫荆花 / 144
非洲菊 / 146
水仙花 / 148
游戏年代 / 151
面条传奇 / 153
一同出去 / 155
一同回来 / 158
记忆碎片 / 162

Contents

失忆断章 / 164

颤乱的广州的桥梁 / 166

我以为自己就是猪八戒 / 169

我以为自己就是孙悟空 / 172

我以为自己就是白龙马 / 174

第四辑 絮语低鸣在一棵金银花间

闲读诗经 / 178

闲话音乐 / 181

阅读纪事 / 184

感恩的精神 / 187

陈染,无处告别 / 189

读了一个南怀瑾 / 191

朱熹访子野故里 / 195

复古公与南潮村 / 198

我再也见不到那只鸭子了 / 203

换一种面孔出现在城市街头 / 206

后记 / 209

第一辑

伤感的传说是一束紫罗兰

紫罗兰是一种盛开在五、六月间,状如鞋钉的花卉。这种花,香气逼人,虽然属于野生植物,但是园丁特别喜欢把它种在窗台下,主要是希望借由紫罗兰把芬芳的香气带进屋子里。凡是受到这种花祝福而诞生的人都具有带给周遭的人爽朗的特质。

每个人都是花色的

冰糖葫芦

小时候,对冰糖葫芦也并没有什么深刻印象。或许,在北方,冰糖葫芦成了大人们对童年的最美好回忆;而在闷热的南方,此类食品却并非小伙伴的主零食。这也是地域差异的因素吧。

孩童时期,乡下做大戏、放电影,最吸引小孩子的,往往不是戏的内容,而是戏棚边的物食:风吹饼、糖泥猴、杨桃串、爆米花、花生、瓜子……偶尔还能吃到并不那么正宗的冰糖葫芦。

作家叶广芩在《逍遥津》中对京城冰糖葫芦有着细腻的刻画:"七舅爷让地安门点心铺'桂英斋'的小伙计帮着提回一堆东西,有山药、山楂、红小豆、冰糖、瓜子、荸荠、红枣、竹签子等。七舅爷把糖葫芦是作为一件艺术品来处理的,从果料的选择到造型的设计都讲究到极点。"

"他将山楂破开去核,使每个山楂都半开半合,有的填上自做的澄沙,有的填上枣泥,有的填上豌豆黄,再将瓜子仁按在吐露的馅上,成为一朵朵精致的小花。"

"山药去皮,挖出不同形状的窟窿,填上各种馅,按上红山楂糕和绿青梅丁,成为色彩斑斓的圆柱……冰糖熬得恰到火候,一根一根沾了……"叶广芩笔下的冰糖葫芦,成了一件艺术品,街头上好不易得到一根的女人对她的孩子说:"不许吃,拿回家看几天再吃,你见过这么漂亮的糖葫芦吗?"想来现实中,单是它的外观就够诱人,多让人怦然心动啊。

2006年在广州一超市里无意中也买到几串冰糖葫芦:口感冰脆,酸甜开胃,主料仍是山楂,间夹些许红小豆,细尝时,还有少许姜丝味。糖不错,色泽鲜亮,声音嘣脆,吃起来有点东北菜"拔丝"的感觉,淋在果外有些美观,但大概是经过一番处理的,入嘴还算可以,不会让你酸得掉牙,加上刚刚从冰柜里拿出来,冷冻的糖串色声味俱佳。

回来后,一直很难见到真正令人心动的冰糖葫芦。有时遇到北方汉子扛着一根竿子走街串巷,竿子一头扎着稻草团,上面密密麻麻插满所谓的冰糖葫芦,声嘶力竭地叫卖,总觉得不太地道,也不卫生。

新年元旦后的某一天,突然在粤东古镇揭阳榕城街头发现一个打着"北京前门正宗冰糖葫芦"牌子的流动摊档,档主是一位看起来憨实厚道的年轻北方人,安静地坐在档子后面的一只椅子上看书,丝毫也不受街头的吆喝声影响。阳光懒洋洋地照在档子"冰糖葫芦"四个字上面,冷酷得如同它的外表。

于是我轻轻地近前,小心翼翼地向档主要了一小串,尝了一口,眉头儿微微一皱:仍是山楂主味,糖也够脆,但是以一个潮汕人的口味要求来讲,还是嫌它太酸了。年纪与我相仿的档主看了我一眼,咧嘴笑了起来,露出两排白白齐齐的牙,称档里还有山枣的,口感应该略为舒适点,2元一大串;草莓味也有,苹果味也有。我不经意瞄了对方手里的书一眼:是一本叫《故乡》的诗集,心中一动,点点头,全要了。

年轻的档主以每一品种各挑一串为我包装起来。让我先试一试。总共那么五六串,用一个专门的牛皮纸袋包裹起来——呵呵,上面还印有广告语呢:"采用科学工艺去除果核,保证新鲜卫生;主味水果,加以冰糖、蜂蜜等佐料;富含维生素C,开胃补脾,助中益气。"我回头看看档口上倒挂的那一串串冰糖葫芦,色泽红艳,晶莹鲜丽,确实诱人。

这个冰糖葫芦档口给我留下深刻的印象。

天津的新浪网友 xh_931 读了博文之后说:"看着文章,嘴里不断地冒

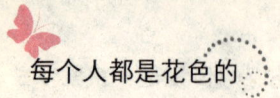

每个人都是花色的

着酸水儿。呵,我们这里叫'糖堆儿'。冬季小吃,春秋也能见到,夏天没有……"平凡如斯的小文。能够得到素昧平生的热心网友的回应,心里儿满是呼呼的热气。

小时候,对冰糖葫芦也并没有什么深刻印象,幸好在成长过程中,会由于因缘巧合而得以品尝,也算是一份小小的补偿。

或许,在北方,冰糖葫芦成了大人们对童年的最美好回忆;而在闷热的南方,此类食品却并非小伙伴的主零食。这也是地域差异的因素了吧。

没有理想,即没有某种美好的愿望,也就永远不会有美好的现实。

——陀思妥耶夫斯基

第一辑　伤感的传说是一束紫罗兰

酸菜美食

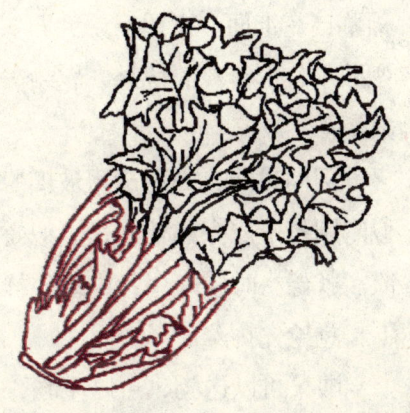

那白茫茫的菜帮子，在我眼前晃动，恍惚如阿丽白嫩嫩的玉臂。以致多年以后，在某一场翡翠玉器展览会上看到一棵大玉白菜，我就想起了阿丽，想起了阿丽腌泡的酸白菜。

　　秋天是白菜与思念疯长的季节，使人想起了曾经机缘巧合而吃过的酸白菜。那是六年前的异乡美食，只因无意结识了阿丽。

　　阿丽是山东人，泡得一手好酸菜。她会在初秋时节挑选大大嫩嫩的白菜，整棵中等细长，帮长叶短，那白茫茫的菜帮子，在我眼前晃动，恍似阿丽白嫩嫩的玉臂。以致多年以后，在某一场翡翠玉器展览会上看到一棵大玉白菜，我就想起了阿丽，想起了阿丽腌泡的酸白菜。

　　挑好大白菜后，阿丽就将择好的一片片白菜瓣放入开水中，再装进一个透明大玻璃瓶里。往往一两棵大白菜就塞满了整个瓶子，里面有水，还要撒上适量的粗盐。看阿丽剥白菜和装白菜，偶尔也会让人想起剥荔枝的古代仕女。

　　阿丽讲过，泡酸菜用玻璃瓶，为了美观，还有卫生。在阿丽的家乡，人们腌泡酸菜，那可是一批一批的，就像咱们潮汕人腌大菜一般。用的是大水缸，装一层撒一遍盐，直到将缸装满，再浸上水，最后还要找来一把稻草铺在上面,再用一块大石头压紧,这样经过一个多月的发酵,白菜就变酸了,那淡淡的忧愁、轻纱一般的香味,就关不住性情,直向你的心头狠灌。

阿丽更绝,她用透明玻璃瓶泡制的酸菜,如同沐浴过后蒙上纱丽,也似刚刚剥落皮壳的荔枝,更似娇翠欲滴的水蜜桃,毫不迟延地勾起我的食欲。就像小时候家里腌生蚬一样,我不会等到它熟透了才掀盖品尝,总是不自觉抢先挑鲜。

酸菜可以送粥,可以生吃,也可以炒肉、凉拌、做汤和炖品,阿丽还能用它包出美味与外观并驱的饺子。女人往往之所以能留得住男人,很多时候是先留得住他的胃口。这一点,阿丽无疑做到了。

到了深秋,我喜欢吃麻辣火锅的时候,阿丽拿出了杀手锏,她也会整出另一份奇特的酸菜粉丝汤火锅——顾名思义,令人以为那就是酸菜加上粉丝一起涮制的火锅?但事实上——不,她会在寒风乍起的时节,将肉、肠、豆腐、排骨、粉丝……所有可以吃的东西整理齐备,在袅袅的热烟中,把一盘子一盘子的食料当着你的面统统放进去,随即腾腾热气、酸香味扑面而来。当你坐在暖意融融的火锅边,张开嘴大吃大喝,满腔全是酸菜的汁味儿,胃肠全部启动马力……在回肠荡气的酸菜火锅旁边听京剧、看雪景,那是何等惬意的生活。

高尚的道德情操和道德行为与追求美的理想这两者常常统一在一起,是密不可分的。

——周扬

第一辑　伤感的传说是一束紫罗兰

美丽紫菜

不知怎的，看到紫菜，又想起了三年前南澳岛那个美丽的夜晚。圆圆的月亮、银白色的沙滩、满天绚丽缤纷的烟火，还有那个卖紫菜的小女孩……

　　鱿鱼、五香豆干、瘦肉加上用猪油煮成的香粥，热腾腾香喷喷，味道诱人。那是童年最难忘的一款美食——记忆里的这份香粥，是在乡村夜里晒谷场上看完电影后，跑到屋子里喧叫大人端出来的一锅热粥。皎洁的月光洒满一地，仿若白昼。小碗粥在月下轻泛着暗紫色的冷光，呵在嘴边有轻轻的热气袅袅。小孩子还想锦上添花，讨来一把芫荽和紫菜拌进碗里，那是相当的烫嘴。这一晚的梦特别香甜。

　　紫菜，美丽的海苔。礁石上的小精灵。紫罗兰般的清雅。野生的紫菜，在礁石上缠绕，像漂亮的纱绸。《本草纲目》记载，紫菜"海边悉有之，大叶而薄……晒干视之，其色正紫"，其味甘、咸，性凉，不易消化。紫菜含有丰富的蛋白质、无机盐和多种维生素，所含蛋白质与大豆差不多，是大米的6倍；维生素A约为牛奶的67倍，核黄素比香菇多9倍，维生素C为卷心菜的70倍。紫菜还含有胆碱、胡萝卜素、硫胺素、烟酸和碘等，具有清热化痰、软坚散结、利尿、补肾、养心、降低血压、促进人体代谢等多种功效。

　　北宋年间《太平寰宇记》也有"紫菜产在郡（指海州）东北七十五

里海畔石上"的记载。我国海域的紫菜有甘紫菜、条斑紫菜、坛紫菜等品种，为红藻门、红毛菜科，色紫成褐绿，体扁平，味道鲜美，营养价值极高。

若干年前，我在广东《美食导报》社任记者期间，就曾在本报刊上撰文写过"海洋产品亟待开发""紫菜再加工的市场潜力"等系列文章，重点指出紫菜、海带、海贝等海洋水产品极具挖掘开发的潜力。当时文章刊登后立即被多报刊杂志转载，引起对海洋食品开发的热议，有不少商家还结合文章深入调查研究并列出可行性报告，大力开拓海洋产品再加工生产线而获取可观利益。

紫菜除了可用于烫粥外，做汤也是首选的用料。像紫菜鸡蛋汤、紫菜萝卜汤、紫菜肉丸汤、紫菜猪心汤……这些汤水都是相当的鲜甜可口，可谓是色、香、味俱全。南澳、连云港等地的紫菜，藻体薄嫩、色泽紫丽、味道鲜美，目前除沿海礁石自生外，渔民还采用了浅滩插桩式的方法进行养殖，大大地提高了紫菜的产量。

三年前去过南澳。夜，一轮圆圆满满的明月从海角升起。海滩凉凉，闲步于小屋檐下，见到一位十二三岁的女孩在月光笼罩下，摆夜摊卖贝壳、海螺、珊瑚和紫菜。她告诉顾客，这些东西全是她利用课余时间到海边捡拾和挖采的。挖紫菜的时候，要趁潮退爬到又光又滑的礁石上面，用小铲子拼命地挖，好不易才挖到一小筐，在经过洗、淘、撮、晒干后会变得更少。她把这些海苔拿到海边来卖，为的是换取一点点钱，可以给自己和弟弟妹妹缴学费。

这个女孩子长得恬恬平平，圆圆的脸蛋，说话也全没有海边人那样粗声粗气。她闪着一双明亮晶莹的眼睛，声音低低地，自言自语说：现在的野生紫菜越来越少了……

不知怎的，看到紫菜，又想起了三年前南澳岛那个美丽的夜晚。圆圆的月亮、银白色的沙滩、满天绚丽缤纷的烟火，还有那个卖紫菜的小女孩。

第一辑 伤感的传说是一束紫罗兰

一骑红尘

一骑红尘妃子笑，无人知是荔枝来。事实上，误国殃民的是皇帝妃子自己，关荔枝何事矣？

"日啖荔枝三百颗，不辞长做岭南人。"这是苏轼被贬惠州，尝到岭南佳果后写下的诗句。当苏大文豪尝完荔枝之后，情不自禁发出如此感叹：能天天吃到荔枝，长居岭南也甘愿！

南方之地特别是两广皆有荔枝出产。单就广东揭东一带来说，初夏首先上市的要算"乌叶"，这种荔枝虽然皮薄肉少核大，但因其味道清甜而且较先成熟，能让大伙先尝为快，往往价钱不菲还颇受欢迎。揭东桂岭、龙尾、白塔、月城等镇有产。

其次是"金钟""凤花"，此时各荔枝品种相继上市，揭东县诸如新亨、锡场、埔田、炮台、登岗、地都等地纷纷采摘登场，价钱也有所下降，大多荔枝肉厚、味甜、个大、色白，也有的味道甜中带酸，像"桂味""金橘"，也有核小（俗称蛀核）、肉厚、味甜、汁多如"糯米糍"者。这时自可大饱口福，只要不畏咽喉疼痛。

杜牧在《过华清宫》中写道："长安回望绣成堆，山顶千门次第开。一骑红尘妃子笑，无人知是荔枝来。"讲杨贵妃"嗜荔枝，必欲生致之，乃置骑传送，走数千里，味未变，已至京师"，而"人马僵毙，相望于道"。

荔枝魅力由此可见一斑。有好事者考证称杨贵妃之所以想吃荔枝，主要还是唐玄宗身边那位曾为李白脱过靴磨过墨的太监高力士自己先想吃，因为"高力士是广东高州人"，吃过荔枝，当然知道荔枝的美味，于是将它推荐给小杨。但是其中是否还加入少许冰块冷冻，后人自然不得知晓，可是累死人马却有史书记载，所以发生了"安史之乱"和"马嵬坡之变"，士兵要求缢死杨姐姐也就不足为奇了。

事实上，误国殃民的是皇帝妃子自己，关荔枝何事矣？但经历代大诗人口中传诵之后，却也反衬出荔枝的永恒与诱人的魅力。当其他品种渐渐退出舞台之际，甜蜜肉靓粒硕的"赤叶"挺身而出，来自梅云、仙桥及大南山、普侨区这一带的荔枝，笑到最后，甜到枝末，把甜腻留在人们心头。

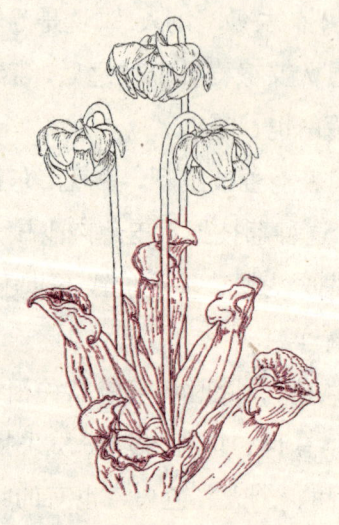

劳动受人推崇，为社会服务是很受人赞赏的道德理想。

——杜威

第一辑 伤感的传说是一束紫罗兰

雾失楼台

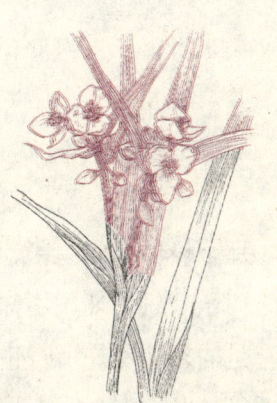

她就这样,悄无声息地来,默默无语地消退,消失在晨曦普照的那一刻,如鬼魅般魂飞魄散。

三月三日,春行早。

醉里挑灯看剑,梦醒推窗观雾。放眼处,窗外楼台却是迷蒙的一片。似花非花,轻轻盈盈,天地间笼罩在这片纱帐中。若湿处,不是雨。山水为蒙,草叶挂露,窗帘垂珠,尽是湿湿绸缎。

她来了。向我袭来,比雪更柔,比剑更利,比光更亮。无法闭上双眼,整个身心全是苍白,恍惚飘舞在漫天飞扬的雪地里。雾里的梦幻,莫非,便是昨夜梦里的写照?

无言独上西楼,思潮起伏东望。雾里晨练如寂寞楼台抒写丹青,挽袖轻舞剑花飘香。动与静运用在轻轻一挥指间,意想中的日子如车水马龙缓缓蠕动、亦如彩虹飞练般幻影泡灭,名利场上刀光剑影稍纵即逝。晨雾里的人们,是生活在梦中?还是,梦在生活中?这样的天,爱情冻僵了,金钱丢失了,上苍把自己发霉的心事掏出在桑拿了。仿佛仙境,烟雾阵阵,凉纱丝丝,一丈开外,一片苍茫。一瞬间,脑海里翻江倒海莫名其妙地涌现出一句句诗词,眼前犹如浮现出昔日场景。

梦里花落知多少!却似一江春水向东流。雾迷失楼台,人独登高,不见来者；玉人何处，二十四桥明月夜。忽如一夜春风来，千树万树梨花开。凌波微步，斯人远去，谢娘别后谁能惜？雾里独步，张开双臂，神思缥缈，桥流水不流。

只可惜，雪还没下，剑还没亮，光还没射。梦还是那个梦，周围还是那个样！梦幻泡影，生活是真正的梦境；而梦中的场景，才是自性真我的写照。只是凡人不知，以假当真，执妄为本，空了人世一场，浮虚毕生。是的，那不是雪，也不是雨，更不是露——至少，目前还不会出现罢。雪是气温降到0℃以下，由空气中的水蒸气凝结而成的。今天的气温还可以，所以那蒙蒙的东西，只不过是由水蒸气凝结而悬浮在空中的微小的水滴罢了，充其量就只能叫做雾。

是的，她是微乎其微，根本就是微不足道的一些小精灵，这个喧哗的城市不属于她这个过客。她没有思想，她没有故乡，没有去路，也没有来处，她飘飘荡荡，她孤魂野鬼，她虚虚渺渺，她灵灵散散。偶尔，她随风移动，随日出而淡淡、慢慢散失。但她也会不够资格的继续上升，汇集，又再以原本或其他的样式出现，只是万变不离其宗——最终，它与雨一样，将归附于大地——"质本洁来还洁去"、"落红不是无情物，化作春泥更护花"。

她是我心头一滴酸酸的泪珠，一颗关乎痛痒的痣，是谁不小心滴下的呢？我不知。我只担恐，在太阳还没有完全出来之时，她在4℃时密度最大，没人能够完全将她心窝占据；她在100℃时又会激情澎湃，然而在0℃或0℃以下，借以时日，在那严寒冷酷的冬，在那风光无限的北，她会以更生硬的面孔呈现在世人面前，以更冰冷无情的语气拒绝一切。

她就这样，悄无声息地来临，默默无语地消退，消失在晨曦普照的那一刻，如鬼魅般魂飞魄散。没有人看见她的去向，没有人明了她的行踪。尽管，她将梦回大地——也许大地就是她的故乡，而她仍是以最简单，最常见的氢氧化物 H_2O 的形式存在人们周围，抑或心里。

第一辑 伤感的传说是一束紫罗兰

烛光晚餐

吃得微醺的时候,屋里的灯突然熄灭了。正诧异间,房门轻开,一股奇异的美味与暗香淡淡地飘了过来……

曾在广州花园大酒店一边听洋人弹奏钢琴曲一边品一泡500元的龙井茶,也曾在发廊林立的客村小巷吃过一碗5元的过桥米线,但记忆里最难忘的,却是洛溪某新城的烛光晚餐。

那是1998年夏天的一个傍晚,世界杯开战了。接到电话后我打了一辆的士从广州环市中路直奔目的地。到时已是下午5时23分,匆匆接过服务员递过来的大浴巾,跳进还有些热气的后花园浴池里,美美地泡了一个澡。游了几圈子也感觉肚子饿了,上岸,更衣,穿上散发着淡淡幽香味的薄袍,毫不客气地入了座。

这是一家庄园式食府。主人是来自苏州的顾小姐,她在此开了间大型的田园风光美食厅,简朴大方的布局,加上周围的小桥流水,还有用竹篷搭建起来的食间,下边是有淙淙流水声的几个大鱼池,远处是连绵的山峰,加上鲜嫩可口的美食,慕名而来的食客络绎不绝。在食店的后座,有几间清雅小房,可供嘉宾入席。

顾小姐是我在《美食导报》工作时诸多采访对象中彼此感觉良好的朋友。因为中午就接到顾小姐的邀请电话,直到现在才赶过来,我自己也有点不好意思。一进林园即有服务员上前来接待，依顺服务员的安排，走进包厢，大快朵颐。

这一餐吃得痛快淋漓，有爽口的香脆萝卜、微辣小鱼等小食，也有柔软可口的糕点、香甜的莲籽汤；有香喷喷的烧鸡、烤鸭肉，还有适合广东人口味的清淡茶树菇煲猪骨头汤……

吃得微醺的时候，屋里的灯突然熄灭了。正诧异间，房门轻开，一股奇异的美味与暗香淡淡地飘了过来。借着屋外微微的灯晕，却见食府老板顾小姐亲手托着一个盘子，轻盈地走来。

顾小姐将托盘轻放于桌上，纤纤玉手轻推，只觉盘上又是另一番滋味：有煎鱼与烤鱼的肉香，也有生鱼片的鲜嫩味；有铁板烧牛肉的精髓，也有蛋挞拌芋泥的香甜。满鼻的异香还来不及细辨，顾小姐又一手拧开了酒瓶盖，浓浓的茅台酒味一下子弥漫了全屋……

要成功不需要什么特别的才能，只要把你能做的小事做得好就行了。

——维龙

第一辑　伤感的传说是一束紫罗兰

花城往事

赵胤胤说：生活是一种执著的追求。我说：师姐，你是我一种执著的追求。师姐笑了，然后说我是傻瓜。

　　N年前某个夜晚，雪妮Call了我，问在干什么。我说我在喝啤酒，她就过来了。1998年世界杯期间，那个夜晚，我因为中意的球队输了，雪妮因为失恋了，我们在我的出租屋里吃掉了三斤辣椒炒萝卜丝，喝了一晚的啤酒。

　　说起来，雪妮还是我的师姐。赵胤胤说：生活是一种执著的追求。我说：师姐你是我一种执著的追求。她就笑，然后说我傻瓜，然后用美工铅笔敲着桌角说，改天请你吃木瓜炖冰糖雪蛤。我就想，如果你是雪蛤，我就是木瓜，多好。

　　但雪妮好像只不过说说而已。她高考复读一年，考上广州美院读了四年，这期间，我已在花城混开了，而且知道她身边不缺追求者，我也就秉着爱莲说只远观而不亵玩。没想到临毕业，她竟然与那位交往了三年半的男朋友分手了，她一时忍受不了，就想起了我。但想起我时，她只想起让我请她，在天河城吃意大利粉面，吃过水油菜，吃西米露凉粉。我想起那一道木瓜炖雪蛤，心一阵绞痛。

每个人都是花色的

雪妮很美,很漂亮,每个眼睛没有问题的人都可以看出。美得使人自惭形秽。她与男友分手后,见我一副装作冷漠的样子,就怜悯我说,你还是一心去搞定你那些女朋友吧。我喝了一口苦咖啡,叹道:"品位,是长期对艺术执著的一种回报。咖啡,有时不加糖比加糖要好。"雪妮狠狠地拧了一下我的胳膊。那一夜,手拿两张入门票的她,非得要让我跟她一起到星海音乐厅,听赵胤胤钢琴独奏贝多芬《月光奏鸣曲》、舒曼《奏鸣曲》、李斯特《你是宁静的》。我附庸风雅故作绅士地说,赵还是一位美食家、专栏作家、格兰芬迪纯麦威士忌中国地区酒吧评委会主席……雪妮捏着我的手,醉了,在悠扬的琴声中。

我说缘分这东西很迷人,但是我相信缘和分是两回事,一夜的情感不在此列。我问雪妮,师姐你所指的那些女朋友是什么意思,指的是哪些?难道街路边捡易拉罐的那个大肚婆也算吗——仅仅是因为我给了她两个饮料瓶,而且其中一瓶是刚刚买来还完全没有打开的?再有一个就是报社的那个女孩子,老是棉花糖一般粘着要跟我一块儿去美院看你,结果却是借名去访问陈儒斌先生?第三个我就实在想不出了,会不会是那天晚上你看到我一个人莫名其妙地站在广州海印桥中央看珠江夜景的时候而你也凑过来问我在看什么……而就在这时出现在江里的黑黑晃动的你的倒影?——如果影子也算的话,我倒真希望能跟它好好谈一场恋爱,同时把它当成都市的奢侈品,缝进枕头里,带入梦乡,让嘴角流出贪痴的涎水。

雪妮就睁大她那双凤眼瞪我,看得我脖子有些发冷。我说师姐你好啊你干吗要这样看人你知不知会把人看销蚀的?雪妮老半天不吭声,她想留给我一个背影,但临去凤眼那一转,她还是发出狠话来:"你太让我失望……你已不是家乡那个喜欢豪言壮语高谈阔论的篮球队男生。"我承认一切言语都在雪妮面前失去了力量,就连行为也变得意识流起来。我明白天才的语无伦次与疯子的手舞足蹈的差别在于语言与行动,但我没有好好地将两者完美结合。

同为揭阳人,我不知雪妮是什么时候喜欢上喝玫瑰花茶的。那时的此类茶,一克要180元,但她喝起来毫不心疼。又是一个月色美丽如玫瑰的

第一辑 伤感的传说是一束紫罗兰

夜晚，她让我过去，夺去了我一张沾有我 DNA 的电脑排版图——那上面不小心残留着我打喷嚏的鼻水的痕迹，但雪妮师姐说不要紧，她说这样才有人情味；因为打喷嚏恰恰说明有人在想念一个人。她让我喝花茶我说谢谢然后我说喝白开水，因为她屋子里刚好没有功夫茶。我想这样呆坐着挺没意思的就想告辞，她咽下色浓味淡的玫瑰花茶然后说我找到了一份工作，是某知名杂志的美编。然后她忽然满脸通红妩媚得像一个娇妇人，在灯光下，一字一字对我说，给你，美体盛。那一刻，我的血直涌上头，但是我突然神经质般地站起来。说句心里话，因为她的凄美让我想放声痛哭。

从此再没遇见她。

理想是指路明灯。没有理想就没有坚定的方向；没有方向就没有生活。

——托尔斯泰

每个人都是花色的

羊城场景

我吃了一惊,无比的悲伤一下子蔓延了全身,我开始无端端地咒骂起空调的冷来了。那真是一个荒唐而且荒谬的下午。

　　天气渐渐热起来。雨下得很少,空气总有些闷。临出门时候先和刘敏妮小姐联系,我说我现在出发,三十分钟后应该可以到达她们那儿的。一路还算畅通,不用再过三十分钟,就要到达了。车刚上广州大桥时,手机突然响了,原来正是她们,告诉我她们在人民广场附近的一家麦当劳等我。麦当劳开着空调,一踏入门便让你感受到一股凉意,没有思想准备者就会后退三步。淑竹最先见到我,朝我招手,接着敏妮也看到我,向我打招呼。我走过去。

　　甜筒和可乐是不可少的,但不知为什么,入口却总嫌过甜;薯条也是小孩子喜爱吃的。于是我们三人不约而同又点了一次,用手拿起一条小小的薯条,沾上番茄酱,味道很正,女孩子喜欢吃,男孩子也同样喜欢吃。她们俩见我同样喜欢吃,并没在意。因为她们点的汉堡包我一直没吃,她们也就知道了我的口味,随后又加点了炸鸡块。吃着这些严重影响口感的粗来品,其实我倒没有多大的胃口。但是,好在麦当劳里,你可以很随意,吃东西,谈话,聊天,没什么大讲究的。于是大家很自然地谈及了她们高中的好多同学,包括雪儿。敏妮说雪儿的妈妈去世了。

我当时吃了一惊,无比的悲伤一下子蔓延了全身,我开始无端端地咒骂起空调的冷来了。我不明白,为什么刚才进来的时候外面会那么燥热,像一个蒸笼,而里面突然如处冰封雪裹的雪山里。有时妄谈友情和亲情都是奢侈的事儿。但敏妮并没有注意到我的神情,她又喝了一口可乐继续说,也够难为雪儿的了,姐姐已出嫁,家里就剩她了。敏妮这样一说,我才想起,原来高中的时候,雪儿也曾有过失却亲人之痛:那一次是雪儿奶奶,一位慈祥可亲的老人。

在她们眼里,我竟然还是一个喜欢吃薯条的男孩。我很悲哀。出卖青春不要钱,却肯定要付出代价。她们无法理解。

敏妮有时表现出比同龄人成熟,这也使我很难想象,她会在三更半夜打电话给我哭天抹泪地说她跟大学的男朋友分手之后,没了落脚点,很想跟人合租时楚楚可怜的样子;甚至还冲动到说想连夜坐火车去西安寻找另一个高中男同学。彼时的我心里也很杂乱,只顾着自己所谓的事业,却忘却了都市里的爱情也必须用心经营。

淑竹满脸平静,她似乎知道每一个人来到这个世上,都必须做好承受着痛苦的思想准备。就像《圣经》里面所指的一样,人之所以这辈子还只是人,就是为了赎罪,必须有受苦的准备。

服务员把炸鸡腿端上来,三人细细地拿起来,慢慢地吃了。虽然清楚会上火,不宜多吃,如啃枯柴,但因为在麦当劳里,吃来吃去也就这么一点垃圾,哪有中餐的多样化、多种选择呢?

我不明白敏妮和淑竹为什么要选择麦当劳;同样不明白她们终归会一个接一个地嫁人——尽管这是一个不可避免的结局,可是她们还要约我在麦当劳,在外热内冷的世界里,残酷地告诉我,关于她们以及她们同班同学的情况。

那真是一个荒唐而且荒谬的下午。我至今想不起当时自己到底在做什么,面对这两位人称数一数二的美女,我却没有表现出应有的风度,吃的也不怎么有型有派。因为自己在广州待的那段日子里,敏妮刚好大学毕

每个人都是花色的

业，在广州一家杂志社上班，而淑竹刚好来省城华师大进修，于是才有了开头那一场景。

有谁会在乎，某年某月的羊城，曾经有过时间停滞到几近窒息的一幕：室内清洁明亮，玻璃窗外车来人往，阴霾重重，空气污染严重，我有一种喘不过气来想呕吐的感觉。现在勉强回想起来，我似乎记得，除了钢铁和汽车玻璃，那天受在感觉不出还有什么可吃能吃而且适合我胃口的了。

> 世上最快乐的事，莫过于为理想而奋斗。
> ——苏格拉底

第一辑　伤感的传说是一束紫罗兰

中秋夜景

但还是要感谢夜空，如此美丽异常。这是一个独有的场景：万千个心愿灯升上空中，浩浩荡荡飘飘荡荡纷纷簇簇密密匝匝，汇成了星空中的另一个夜景。

是夜，月上中天。月光如水。云淡，风高，清凉，畅爽。室外十分的喧哗，人来人往。中秋佳节，赏景悦人，榕城望江南路广场，车非常多，游乐场是小孩子的天地。

石狗卵子铺成的地，妇人和小孩光着脚走来走去，成了一个良好选择。这石狗卵子地的旁边，有一个男孩在点一个孔明灯，但他不同意人们称它为孔明灯，他说是心愿灯。在他身旁，有一个女孩，目光专注，一心一意地看着他，点灯。或许，点灯的同时，已许下了万千百亿个愿。

男孩和女孩四周，是密密麻麻的人与车。我说过，有老人、小孩，有男的、有女的，有认识的、有不认识的，有情侣、有仇敌——只是暂时没有激情。人们此时重点关注的是中秋的夜，还有夜的场景，所以没有敌意，只有浓浓的蜜甜情意和盈盈的笑容在人群里荡漾。

或许都在想：应该做点什么，应该做些什么；不应该做点什么，不应该做些什么。如果再做点什么，而不做点什么，地球还会不会存在？世界还会不会存在？中秋美好而短暂的场景还会不会在明年出现？我们生活的

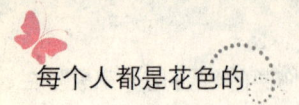

空间，会不会在不久的将来，浓缩成为蚂蚁的洞穴。

这绝对是一个严肃的问题。这绝对不是耸人听闻。

关于气温问题，地球专家一般分为四类。第一类是气温逐年升高说，这一类专家非常无聊，地球气温在不断上升，大愚若智者都明白。因为大气污染臭氧层严重破坏地球人乱扔垃圾乱开采乱砍伐工厂汽车飞机乱排污空中乱掉物随地乱小便……这不是明摆着让地球和宇宙各位星球朋友"大为光火"的卑劣无耻行为么？这个道理"地球人都明白啦"。

第二类是气温下降说。这一类专家无耻至极。当现实摆在大家面前时，他们就装聋作哑，面部朝天摇头晃脑手挖鼻孔哼哼唧唧涎着口水说，大热过后是大冷，我们是站得高望得远是有长远抱负有忧患意识的……不信你们看看，现在地球南北极的冰块全在融化，等到热到不能再热的那一天，就是一个冰天雪地的小劫到来……

第三类是气温不升不降可以控制说。这一类专家很高明，化学说为行动。他们大部分在研究如何给地球降温，有植被造林有空中隔离太阳能热板反射有提倡低碳生活……

第四类是气温亦升亦降不升不降不可说。人们之所以望月，就是期盼上面能够递下梯子。点灯的男孩的身旁，那个女孩突然抬起了头，他和她面朝榕江等待春暖花开只关心他们的心愿灯，气温的上升与下降与否与他们没有关系，只有那只心愿灯的上升和下降才是他们此刻关注的重点。当然，这并不是说他们不担心地球忽冷忽热突然毁灭而一切生灵都涂炭他们的爱情也烧焦而后冻结而后化成琥珀留在下一个文明时代给后后人类凭借以追思地球曾经的美丽与辉煌。所以升也罢降也罢，不关男孩与女孩的学说。

小女孩突然发现，天空中出现了点点繁星，这是多么美好又令人惊讶的场景啊！她惊喜若狂地喊出声来，男孩子吓了一跳。

要知道，多少年了，都市的夜空，再也难得一现如此美丽的星星。是的，那是有月亮的夜空，那是有月亮的星空，那是有风云的星空。那是属于星星们的夜空。多么美丽，多么美好啊！

第一辑 伤感的传说是一束紫罗兰

星星开始呼吸了,月亮开始微笑了,云朵开始跳舞了……星星勇敢地为月亮伴舞,并不因人们传统说法中的"月明星稀"而胆怯。有月亮的星空,是美好美丽的夜空;有星星的夜空,是美好美丽的星空。人类啊,珍惜热爱你现在的世界和家园吧,人类啊……

但还是要感谢夜空,如此美丽异常。公元 2008 年 9 月 14 日,农历八月十五的日子,在地球上属于中国广东省粤东小邑揭阳榕城区的街头的一个独有场景。万千个心愿灯升上空中,浩浩荡荡飘飘荡荡纷纷簇簇密密匝匝,汇成了星空中的另一个夜景。

>>>
一种理想,就是一种力!
——罗曼·罗兰

每个人都是花色的

秋夜胜景

秋水洒过的街道，原本有了凉意。不甘寂寞的市民，融入天际的法眼。茶座的生意也跟着如月中天，烧烤档被烧爆了。

　　繁华的秋夜，喧哗如昼。簇拥街头的人们，总呼唤着属于自己的心愿！心愿……

　　望江广场的榕城区政府门前，两只石狮默默地看着路人。一簇一簇的人在四周，有几个少年围成一圈，坐在熄灭了火的摩托车上，不知在相讨着什么国家大计。一对情侣轻轻走过他们身边，突然很小心地绕走；一个老头儿警惕地看了一群染发的少女一眼，不知是不是怕被她们亮出刀子威挟劫色；一只小狗忽然挣脱了少妇手中紧握的绳子，向我闯来。拥有碰碰车和电动摇晃车、临时增加了一个充气碰碰跳乐园而变成总共有两个乐园的小女人在大人和小孩们之间走来走去收钱收到手酸，而她的老公却在一旁泡着潮汕功夫茶。是不是只是充当保镖的角色，当老婆收钱出现不愉快的关键的时刻才站起来呢？听说他们俩公婆赚来的钱还要上缴给有关部门一点，具体是每晚数千元人民币收入的百分之几，不大清楚。

　　秋水洒过的街道，原本有了凉意。不甘寂寞的市民，融入天际的法眼。茶座的生意也跟着如月中天，烧烤档被烧爆了，竟然还有数百名未成年少女很想试一试，以其玉洁冰清的纯洁之身投向火海。一个少年载着一个年纪偏他大一些和一个年龄比他小一岁半的异性，如脱弦之箭，配上比

第一辑 伤感的传说是一束紫罗兰

杨利伟搭坐的"神六"发射时发出的声音还要巨响的摩托车怒吼声，出现在榕城区政府正门口，然后往东方冲去。冲去时是呈"S"形姿态，摆了一个胜利的"甫士"，有一个老头子似乎还听到"耶"的声音，男少年车手明显被少女和少女姐姐夹着了，愈发的得意和快感，直射向人缝中，被擦出的火花也不甘示弱地在车后"啪啪啪"地响，并与发出的闪光有节奏地亮着。

秋夜清凉，润滑如少女的肌肤。飙车一族非常躁动。人们感到丝丝的凉意，很难得，这是即便开着空调的室内也感受不到的美好的享受。此时此刻，地球的邻居又是什么情景呢？会不会出现另一个月亮、另一个夜空？另一个地方——当然，当你在"这一刻"口里说出另一个地方的时候，那个地方的"此时"，已经不是你现在这个"这时"；当你看到天际那颗星星或者那个月亮的时候，那颗星星或者那个月亮已不是你当下看到的星体。时间和空间交流了一下意见，给出了你认为"是"或者"不是"的对应物……

因缘是如此之重要啊，空间又变得如此之美妙。秋的夜景如此美丽美好。纵是过眼云烟，当你感受到它的美好时，它已有了存在过的价值。过去的东西，我说它不存在，你还要跟我急，拿出你昨晚拍的靓照，说，看，那个男孩痴痴地为女孩点上灯；还有一个少男开着摩托车，被2个女的夹得把车开成了"S"状。这些还不够么？难道还要找出我偷偷印在你衣领上的口红你才愿意相信？我答应你，那一晚，于2008年的中秋夜，发生过，那一个场景，的确，如你所言，是如此美好且令人难忘，可是——它真的存在吗？你抓住逝水流年了吗？你照片里的一切中秋场景包括孔明灯都曝得了光吗？任何一次中秋场景你都能一辈子记住它吗？它能一生一世永远印在你头脑里吗？当你活到一百岁，哦，一百零一岁之后，你牺牲了，还在吗？还有什么个物在？

秋的夜景是多么迷人啊，明月别枝惊鹊。传统的月明星暗的说法蓦然被击破，攻灭——当被世人所赞美为瑞兽的麒麟出世时，孔子却痛心疾首掷笔绝写春秋。当今夜还延续着昨晚的胜景时，我看到了绝望。

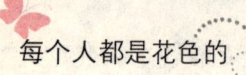

每个人都是花色的

夜幕雨景

对雨,真有一种特殊的情感。幼时,躺在乡下那木屋里,听雨滴落在屋顶时发出"吧嗒吧嗒"的声响,心头便总会涌现出一股淡淡的、难以言明的惆怅与哀愁。

雨洒起来了。随风飘洒,坐的地方,很快就被打湿。再往上边挪了一挪,倚在礼堂侧门,推了推,门紧锁着。他想,就这样吧,待在这,看看雨,听听雨,也是一种享受呢。

对雨,真有一种特殊的情感。幼时,躺在乡下那木屋里,听雨滴落在屋顶时发出"吧嗒吧嗒"的声响,心头便总会涌现出一股淡淡的、难以言明的惆怅与哀愁。那缥缈而又迷离的雨,又叫人痴迷,沉醉。有人说,到雨中去吧,抛开一切烦恼;撑开你的双手,让雨来抚平你的忧伤,让雨来宣告你的幸福;你会发觉,那一刻的你,如同在天地之间,品味着一杯粉红色的香槟。你会得以实现你心中美好的愿望……

雨中的旋律,是的,如水银泻地,如月光沐水。她一手钢琴弹得多么娴熟啊,他静静地坐着,大气都不敢出,只恐拂乱了这份妙音。"一泓海水杯中泻",他看见一个个小精灵从她的指尖溢出,他看见那一个个音符在雨水里跳跃,她的黑发飘逸,激扬而有亮泽,她的身上飘散出青春活

第一辑 伤感的传说是一束紫罗兰

力,一股淡淡的幽香弥漫了整个天地。

灯亮起来了。雨仍不依不饶地落着,缠绵着夜幕的降临,淅淅沥沥的声响愈加清晰动听。操场上那昏黄的光在雨帘里变得有些摇曳不定,小屋是寒冷而温暖的,昏暗而光明的。微弱淡薄的一丝光亮从窗口进来,洋洋洒洒,轻轻浮浮地落在琴台上面。

"我喜欢雨。尤其在寂寞无聊的夜晚,躺在床上,'听风听雨过清明',心中就会静静地涌起一份久违的感觉,似乎每个人的心灵深处,都有自己生前的故乡。是每个故乡,在向凡世间的俗人召唤,让人梦回,让心灵间得以片刻欢慰,忘却一点点尘世忧愁。当然,有时我也会自作聪明地想着,要是下得太沉了,怎么办!我们'小楼一夜听春雨',可别忘了人家还要'深巷明朝卖杏花'呢……"

雨点滴落在虞美人上。他乡的人儿可否听到?抑或少了一点怨声,多了一份寄寓。曾经的期待已落空,雪在雨幕中消化殆尽。这点往事就是在连绵雨天不知不觉地浮涌上来。一切成为过去,或许,明天,明天,将是一个艳阳天罢?我一个人,小楼一夜听春雨,冷冷地,等待着,等待着;明天,深巷传来卖杏花声……

世界上没有比快乐更能使人美丽的化妆品。

——布雷顿

每个人都是花色的

不见流星雨

但那晚的确有流星的。幸运的人儿，都会发觉它曾经的存在。只是心里的祈祷，那个愿，却千千不一。有没有人许下愿再一次见到流星雨的呢？

　　曾经有这么一天，似乎是2005年11月19日，媒体预告说在全国各地均可见狮子星座流星雨，这样的景况"60年一遇"，果然也有不少有心人仰望到了，甚至第二天还有美文见报。

　　但也有人悻悻不平，觉得没见到很遗憾，好的事物被错过了。我当然知道流星本来就是一件美事，它能成"雨"，可见更是何等的壮观，只是独自一人的我把脖子仰酸了——大概是因为环境的关系吧，也没发现什么，就放弃了。

　　但那晚的确有流星的。幸运的人儿，都会发觉它曾经的存在。只是心里的祈祷，那个愿，却千千不一。有没有人许下愿望再见到流星雨的呢？

　　美的东西，总是有缺憾的。

　　过了二十多天，在12月14日，又听说在这一晚的19时开始，在中国同样可以看见双子星座流星雨。我又蠢蠢欲动。已经过了"追星"的年龄，但心里仍然对自己鼓气说，见识见识也无所谓呀。就想去看。

第一辑 伤感的传说是一束紫罗兰

　　同是这一晚，我和别人期望见到流星雨。不同的是地点，人物，还有时间。从外边回来，已经很晚了，阴冷与黑暗笼袭着我，风是"嗖嗖"的刮，四周早已静了下来，而这时也过了零点。我还是固执地上了天台。

　　远处有亮光在闪烁，连那一丝丝光都有些犹豫，好像正在考虑该不该逃进屋里去，先暖暖身子再说。

　　患得患失，总会害苦了自己呀。而这晚，星星虽然不多，还是相当可观的。流星出不出现，已是另外一个问题的问题了。总是我自己不够虔诚罢了。我开始忏悔生活中懦弱的我，什么都是不坚决。

　　丽丽的到来使整个科室变得亮丽起来。她的笑声充满着每个角落。她的笑容印在我的心头。有一天我正拿着资料在复印机前准备复印，忽然从后面伸出一只小手来，轻轻地挡在我的胸前，"嗨，你好，让我帮你好吗？"她似乎无意之中的一声问候，让我心头一颤，那一刻我的心跳莫名。我闻到一股淡淡的芬芳，我想我的脸一定烧着烫手，丽丽甜美的笑容让我有些醉了。"五一节放长假，你有打算到哪儿玩吗？"她又不以为意地问。我回过头去，说，只要你愿意，你说了算！丽丽朝我天真地笑了。

　　我们傻傻地听信一位同事的相邀赶去海边"守望"海市蜃楼，虽然奇景没有看见，却等到日头西下、在夜里看到了海边最美丽的星星。丽丽在海边欢呼乱跳，像天上一颗无邪的星。那一晚我们终于牵着手走在沙滩上，相约第二年这个时候去西藏，去看流星雨。"你一定要来约我，不许耍赖哦。"她一定要和我勾手指，那个笑容便永恒地刻画在我的心上。我笑着说："好，我会的。"——然后自己也觉得好笑，不知在回答她的哪一句？

　　但是后来没有去成。丽丽的挚友、闺蜜，我们的同事刘倩在外地解救一名被拐小男孩回来的途中，为了让一辆违章行驶的小货车，在山公路上出事了。那一天刘倩穿着一袭白色连衣裙，静静地躺在路旁的野草坡上，几朵不知名的花儿在风中摇摆……另外三名不同程度受伤的同事在行人的协助下，将她送到医院，那个时候，她脸上仍保持着优雅的笑容，永远永远。

每个人都是花色的

"不要自欺欺人了。何况,你还没有到自虐的地步吧?一个人不能两次踏进同一条河,每一颗星星何必再为自己的旧伤流泪?"我总是这样对丽丽说。她一时失控,恍恍惚惚地望着我,突然扑进我的怀里,泪水却如山洪崩堤一般……

她说她无法面对现实的一切,暂时要离开此地,报名前往异地执行任务。临去的前一夜,她的坦诚令我羞愧。我不敢亵渎。只是呆呆地面对……直至她真正离去,我才蓦然醒悟。

丽丽是如此美丽与纯洁,令我不敢产生丝丝邪念。

有时,一个人独处总会静静地回忆,傻傻地笑。很多往事总会不经意地浮上心头,回忆是美好而难忘的。过去相逢相遇相知的日子,是快乐而充实的。特别是有心安排的那一个中秋节,竟然还有电话里"四大美女"的相伴……令你感动。

有时,会想起那一次找人替你进入考场赴考,你躲在另一间教室里,瑟缩发抖。你吓得不敢抬头,把脑袋深深地埋我的怀里。我轻轻地抚摸你肩头,坚实温暖的双手传递给你坚定的力量……

有时,会想起那一片灯芯草滩,在长长的湿地小堤上,与你通了长长的电话,直到手机发烫……想告诉你,淳朴的乡下同样没有流星雨。

有时,会想起种种往事,件件总是涌现在心上,暖流一样,让日子这样幸福、美丽,感受到人生的缘分。

有时,会想起老爷爷,依稀在梦中。他还是一副安详的样子,宁静地坐在椅子上,慈眉善目看着他的大孙女……

有时,会想起小屋深夜时分两人的私语。你说不敢喝夜茶,却在我的影响下,也开始慢慢地品尝,直至习惯成自然。相偎相依的时光,如此美好。你的形象深深地刻印在我的心田。当你对我毫无保留的时候,我却愿意选择了尊重。或许,这也是至今令人久久萦味的美丽。

空虚无味的日子里,我翻忆起一起去游风门古径的那一天。游人的眼光齐齐地集中在我们俩身上。你着素装、穿连衣裙已是美丽动人,穿起制服更是英姿飒爽,何况你有着美妙高挑的身材,更令你亭亭玉立,光彩照人……绿树下，花草丛间，迫不及待要破茧成蝶的毛毛虫，吓得你花容失色，是我充当了护卫，予以你一丝丝瞬时的慰藉。只是，给了你怀抱与亲吻，却未能给你一份许诺。之所以不敢贸然踏入你心中的芳草地，大约是我仅保留的一丁点理智吧。你是如此的纯真与美丽，我只愿为自己留下最美好的回忆。

给与不给，只是一念之差。其实，懦弱的我，并没有犯错。我知道，伤害她的同时，就是内疚一辈子的开始。

记得，一首歌这样唱：有的缘分远不可及，有的人爱过不能再爱，有的事情只能淡淡随风……只有祝福与思念，永远留在心间。依然不曾遇见，那醉人的流星雨。而我是不敢久留的：这样的夜晚，这样的地方，难道还不够吗？难道往昔的记忆还嫌少吗？如果痴心也是一种罪过，那么我却愿意一辈子去承担。

心底，还是想起了周治平的那一首歌："月光和星子，玫瑰花瓣与雨丝，温柔的誓言，美梦和缠绵的诗。寂寞的影子，风里呼唤的名字，忧伤的主旋律，诉说陈年的往事……"尤其是在这不再看见流星的高处，突然冒出这样一大段歌词，真可谓是令人不胜寒了。这个时候，也不管流星是不是什么逃兵了。就是人，也要逃走的。逃避也好，离开也好，总之不是不爱的理由。抬头再扫了那天际，还是好几颗星星啊。在这短暂的时刻，我哪能体会到它们位移的动向呢？相反，眨眼而不动的星星，反倒有些诡秘，甚至是对我刻意的又一次嘲笑了。我并不知那叫什么星座。我叫不出，只是觉得它们排列的样子很可怕，也很可笑，就像挤在一起，非要把自己体现成一只蝎子的样子。而星与星之间，已排得密密麻麻，没有空隙了。

这样的星座，在每一个城里都能见到吗？它已恍惚得颇不真实，这一个夜晚，没有一颗星星是属于自己的。找星的人寻不到童年熟悉的那一颗，也少了可以许下诺言的那一颗。除了那一堆，无星可寻。

想自己还是不合时宜，仿佛也成了安徒生笔下那个卖火柴的小女孩。总在寒冷与阴暗里幻想着美好。一时间又有些惶惶然，也变得厌倦起来，很想遁去。

时间在逃。就在凌晨 1 时半左右,西南边突然有一点一闪一闪的物体在向西面划去。我心头一颤,想这有可能吗?定睛细看,就知道那种速度,绝不是流星。就觉得奇怪了,那是一架飞机,都这么晚了,它还将飞向哪里呢。可是,小丽,你可知道,此时此地,有一个男孩的心在坠落,如流星划向天际呢?

人生最大的快乐是致力于一个自己认为伟大的目标。

——萧伯纳

第一辑　伤感的传说是一束紫罗兰

错误的相会

有时，两个人彼此之间的误会，注定了这一辈子就是一场错误的相会。

　　6年了，6年的时间不算长，一转眼就去了。但出现今天这种状况，却是我始料不及的。

　　小雅说要结婚了，就在今天。我说这是怎么回事？小雅说总之先告知你一声，免得到时你又要忘了。我说我知道今天不是4月1日，别开玩笑。小雅说我很忙，不想多说了，就这样。电话出现了忙音，我愣在电话机旁，觉得脑袋变大了。至今我仍没弄明白，我们之间到底在哪儿出错呢？小雅是高中时校园文学社的副总编，学校的刊物墙报总可以见到她的文章，据说文采飞扬，文笔犀利。班主任还常常把她的文章带到我们班里来，念完就啧啧称赞，说我带过的学生没一个能像她的。

　　有一次班主任死马当活马医，从全班60多篇上交的作文中，挑选出两篇小文，送到文学社，准备参加什么征文竞赛，其中一篇写一场校级篮球赛的，竟还得了个优秀奖。同学们从一些诸如"激战几百个回合，终于以2分险胜对方"等等还算通顺的语句中猜出了这篇文章的作者，我也从文末那个名字相信了自己的眼睛，证实这正是本人所写。听同桌讲有文学社的同学来找，我也没放在心上，直到有一天一个女孩出现在篮球场边时，我才发觉自己原来除了打球之外，一无是处。

这个女孩就是小雅。

高三了，别人为高考忙得昏天地暗时，我却仍在孜孜不倦地专攻我的"散文"和"诗歌"。小雅对我说："我们报同一个专业吧。"我头也没抬就说好啊好啊，一手拿着馒头一手埋头翻着诗集。小雅走了。我追去时，她不肯告诉我报什么专业。她报了广州的名校，第二志愿却选择了上海。现实总是差强人意。当我同样选择了广州时，广州也选择了我；而小雅，却上了上海某大学。我们各奔东西了。

大一，小雅说，我要你明说。我纳闷，说什么呢？不会是被你冷落的滋味吧？小雅就很久不给我写信。事过境迁，几年后我才明白，小雅要我说的，是那一个神圣的字眼。大二，小雅说，我已心有所宜。你知道的，我心一旦有所依附，我将死心塌地跟随他一辈子。我就笑着，仗着几滴眼泪的涌出，一口气挥就，回信说，我不知该怎么说，可信么？未知。可又不敢不信。女孩的心，六月的天。但既然如此，还有什么可说的呢？我尊重你的选择，你知道，我也不愿也不会去做破坏别人结合的不道德的事。小雅只要你过得幸福我就高兴了。只是，我想请你告诉那个人一声，一定要好好地待你，不然，我会对他不客气的。

我把信寄出去后，整整一个星期，逃到图书馆，饿了吃面包，渴了喝白开水，胡子拉碴，衣冠不整，人一下子瘦得不成样子。同窗很关心我，特别是老乡女孩更是煲了香喷喷的鸡盅给我，使我感到了温饱。然而，我对小雅的思念愈加强烈了。

那天下午，当我打理衣物准备去上海时，小雅竟突然出现在我的面前。小雅一见老乡女孩坐在我的铺上，脸色骤变，甩头就走。我追了出去，小雅摔开我的手，委屈地哭泣："说得多好听，原来是你先变了心。"我说小雅小雅你听我解释……小雅跺着脚，悲声地说："我要来问你，我并没有男朋友，你信不信？"我一下子又不明白了……

毕业后。小雅回到了家乡，进了一家大型外资企业。我则留在了广州。我记得我们开始每天都有电话联系的，后来慢慢地疏远了。小雅总是

第一辑 伤感的传说是一束紫罗兰

说她很忙,但又要分心牵挂我,不知身处大都市的我,是否能保持清醒的头脑。我觉得小雅的话语愈来愈商业性了。小雅再也不与我谈诗歌散文,对我寄给她的诗稿也不再批评。

某一天她说某位老板给她送了玫瑰,她心里很矛盾。当时我也没往心里放,只是觉得优秀的女孩总会有人送花的。后来某天小雅又说夜里与老板到外边喝酒,俩人喝了很多,后来老板开车将她送回去……我静静地听,心里一阵阵绞痛,只是轻轻地劝了小雅一句:"要把持自己啊。"小雅没说什么,却嘤嘤地哭了起来。

在我的印象中,小雅很少哭的。小雅在哭声中,说她已经迷失了方向。今天她终于结婚。我回到家,妹妹说,小雅姐送来了两袋喜糖和一包东西。我打开一看,全是以往写给她的诗。小雅在一张卡片后面写着:沧海月明珠有泪,蓝田日暖玉生烟。此情可待成追忆,只是当时已惘然。

我打电话给她,她不接,她让我苦等了半天才复电。小雅在电话那头淡淡地笑,说:你的文章我全还给你了,收到了吗?我说我不明白。小雅说你应该明白的。我已结了婚。你也会过上好生活的。我说这到底是为什么?小雅说:我们不要再妄谈文学了,我把东西还给你就是这个意思。还君明珠双泪垂,恨不相逢未嫁时。我听罢狂笑。

> 人生最大的快乐不在于占有什么,而在于追求什么的过程。
> ——本生

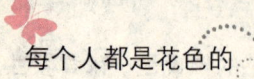

每个人都是花色的

结缘报恩寺

雨停了。一轮新月挂在寺庙上空。空气是如此清新，走在大院里也可闻到桂花香味。好一个清辉晴朗！

  从揭阳榕城区东泮村往榕东，一下梅东大桥，即见一座琉璃青瓦寺庙。路口标有寺名"报恩寺"。

  不知多久前，一天傍晚，刚刚下桥，忽遇倾盆大雨。我突然闪现一个念头，何不进入寺里，避雨？

  其时，寺庙在建。从侧门入寺，在南边一个简易的棚子里，一位年纪稍长、清瘦慈祥的老和尚——报恩寺住持方丈释上光下茂大师父，正携两位年轻师父、一位居士修晚课。我敛心礼佛，悄立一旁。大师父诵经完毕，邀我入座喝茶，为我开示。

  报恩寺门口是一条泥泞小路，与小路同向是一条沟渠。在沟渠旁，有人搭棚饲养鹅鸭。在我们喝茶期间，门外传来几声"嘎嘎"叫声，一只大鹅摇摆着，憨态可掬地走了进来，径直来到师父身边，静立不动。鹅的主人站在门外，不敢贸然进来。鹅儿偎依在师父脚下，一直没有吭声，也没有乱动，安静得如同入定老僧。师父伸出慈悲的右手，轻抚鹅儿，跟鹅主人讲解了一句"众生皆有佛性呀。去吧……"鹅主人唯唯诺诺，抱起鹅儿，低身恭敬而退。不久，整个鹅鸭棚拆除了，鹅主转行改业。有了这次际遇之后，我与报恩寺结下佛缘。

现今在大师父和十方善信的发心努力下，报恩寺已具规模。寺正门朝西，入门同双峰寺格局，为天王殿。听大师父讲，四大天王是他老人家专程从福建请工匠精心制设的，威严中不乏慈悲。正面是笑呵呵的弥勒菩萨，与弥勒菩萨相背而立是韦陀菩萨。直行，是大雄宝殿，宝殿中央为本师释迦牟尼佛，与双峰寺稍有不同是，世尊两肋为摩诃迦叶和阿难尊者。

报恩寺初建期间，大师父还要往返于寺庙与双峰寺之间。是夜，在报恩寺候雨的时候，静心聆听大师父法语，感受人生真谛，在轻微缥缈的念佛声中，闻到缕缕檀香味，伴着渐小渐逝的雨声，心中默念着《心经》："……无眼耳鼻舌身意，无色声香味触法……"念念相继。

雨停了。一轮新月挂在寺庙上空。空气是如此清新，走在大院里也可闻到桂花香味。好一派清辉晴朗！忽然忆起了王维的"人闲桂花落，夜静春山空。月出惊山鸟，时鸣春涧中"。虽然报恩寺身处市郊，一时却难得如此空灵静寂。遥望明月，不知是几千年前的那一轮否？纵是风雪夜归人，两手推得，便喝一声，僧敲月下门。却原来，自性何其清净！

迷时师渡。月光洒了大地。千里明月照我行。月光下，我与大师父同行。

笑是一种没有副作用的镇静剂。

——格拉索

每个人都是花色的

游天山古寺

是日傍晚，我们驻足山顶大石上，目注西斜的太阳，望天际云彩飞绕、霞光香风若隐若现的美妙景观，感受那不时变幻的一朵朵彩云，恰似天雨缤纷的五彩莲花，纷纷扬扬、一簇一簇地呈现在天空……如此胜景，让人久久不愿归来。

秋日，与友人一行五人慕名来到仙桥天山古寺，清净自心，聆听佛语，一睹古寺风采。

来到山下，远观该山，似一座笔架，赫然呈现在我们眼前。我们从山下往上仰望，只见山座主峰顶上有一巨石，恍若弥勒，似坐似卧。见到弥勒菩萨正笑眯眯地，似乎正在朝我们挥手呢。据说，此处为世界第八天然石佛山。菩萨慈悲为怀，嬉笑怒骂，善巧方便，普度众生，令人肃然。众人欢欣鼓舞，急忙跨步登山，临近山门，见红砖围砌成城墙，整个古寺置于红砖墙的护卫中，显得十分醒眼。

来到正门口，一个大香炉呈现在我们眼前。有缘众生，入得寺门，自然而然敛声屏气，结下善缘。巧的是，我等迈上台阶轻步走进佛门的那一刻，正好遇到二位法师诵经完毕，于是随同一起到大门左侧入座。师父以山泉水煮沸，泡以高山绿茶，香气四溢，清甘留齿。三杯清茗品毕，在法师的引见下，我们复返弥勒殿，净身口意三业，恭敬顶礼菩萨。

经载，弥勒菩萨为释迦牟尼佛的接班人——未来佛，专修"严净佛土"。将来摄取的国土，全是清净庄严，"此处堪称佛地，满街皆是圣人"，不同先修"成就众生"的释迦牟尼佛的化土，现在是五浊恶世。《弥勒上生经》和《弥勒下生经》记载，摩诃迦叶尊者骨身隐在云南鸡足山中，等将来弥勒下生说法，到龙华第三会时，听法者生怠慢之心，摩诃迦叶尊者就会现身空中，作十八变，助弥勒菩萨劝导众生，为不信实者示现不可思议之法。弥勒菩萨也有教人宽容、能忍、看破、自在、放下等表法。

寺庙入门，也是天王殿。弥勒菩萨殿背后是韦陀菩萨宝座，韦陀菩萨为大护法神之一。在中国汉地佛寺中，常被塑驻弥勒菩萨之后，手持金刚杵。

天王殿四大天王，俗称四大金刚，为护法大天神。四大天王也代表佛法戒行、勇猛、精进、智慧。

南方增长天王，名毗琉璃，身青色，手持智慧宝剑（慧剑断烦恼，众生增善根），剑峰寓"风"。

东方持国天王，名提多罗吒，身白色、手持琵琶（以乐渡众，中道和谐），琵琶寓"调"。

北方多闻天王，名毗沙门，身绿色，左手持银鼠（制服魔众，护持财富），右手持混元珍珠宝伞（多闻多识，处污不染），司职"雨"。

西方广目天王，名毗留博叉，身红色，手缠赤龙或花狐貂（观察护持），表"顺"。

我们行过大厅天井，礼拜左右分列的观世音菩萨、地藏王菩萨，瞩仰钟楼、鼓楼。直行向前，来到庄严雄伟的大雄宝殿。大雄宝殿是本师释迦牟尼佛的办公室，"大雄"是世尊释迦牟尼佛降服众魔的圣号，自觉、觉他、觉行圆满，威德庄严、成就究竟，不可思议。天山古寺的布局跟榕城双峰寺有些相似，宝殿中央也是供着释迦牟尼佛、东方药师如来、西方阿弥陀如来，殿内文殊、普贤菩萨，阿难、迦叶尊者、十八罗汉，各就各位。

释迦牟尼佛是尊称为"南无本师释迦牟尼佛"。药师佛是东方净琉璃世界教主，曾立十二大愿，其琉璃净土佛国无病无灾，衣食丰富，无苦无厄。药师如来左右胁侍是日光菩萨和月光菩萨，合称"药师三尊"又叫"东方三圣"。阿弥陀佛是西方极乐世界教主，曾发四十八大愿，成就"无有众苦，但受诸乐"净土佛国。左右胁侍为观世音菩萨和大势至菩萨，合称"阿弥陀三尊"、"西方三圣"，表法慈悲、喜舍、放下、精进、平等、正直、圆满。立身居殿间，令人起敬，感叹"佛法难闻，人身难得"之余，更赞佛恩浩荡，佛法殊胜。

稍后，我们来到大雄宝殿后，磕礼参拜观世音菩萨，具威仪拜毕，肃立一侧，微微仰观观世音菩萨，"梵音海潮音，胜彼世间音"，龙女、善财童子分列两边。"大慈大愿指恒河沙以为期，即色即空现美人身而说法"，一时，不禁潸泪盈眶。观世音菩萨大慈大悲，化为种种妙相，不弃众生，慈悲为怀，"观音菩萨妙难酬，清净庄严累劫修"，观世音菩萨为世人所示现的尊严和庄严的妙相，令人赞叹不已，目瞪口呆。

参观完古寺，我们转到寺后，沿着一道小山路，踱到山顶。在寺后边有旧址，岩里的石雕罗汉像栩栩如生，壁画观音洒雨降龙图也十分传神，值得观赏。寺里的师父说，古寺历史悠远，近年来正在逐步修葺，有望不久将以更庄严殊胜的净土道场屹立在山巅。在古寺左侧，是一栋长长的僧舍，第一层是食堂，我们约好在这儿用素餐。还有时间，所以大家慢慢登上山去，站在高处向远方看去……只见山上树木茂密，不知名的花儿在风中微微绽放，阵阵清香随风轻送，物异殊胜，美不胜收。

是日傍晚，我们驻足山顶大石上，目注西斜的太阳，望天际云彩飞绕、霞光香风若隐若现的美妙景观，感受那不时变幻的一朵朵彩云，恰似天雨缤纷的五彩莲花，纷纷扬扬、一簇一簇地呈现在天空……如此胜景，让人久久不愿归来。

沙漠绿洲游记

绿林之里,迎面而来的全是怪石嶙峋,越往下,峡谷越深,山越高,风也越凉,绿意也越凝重。树木高大茂盛,越来越密集,甚至有了些阴森的感觉。

Oasis,沙漠中的绿洲。是的,可以说,"卡里美"就是这样一个地方,美丽,圣洁,神奇,翠绿……再也见不到丝丝灰褐色的泥土和狂肆飞扬的风沙,真令人惊讶。要知道,它离荒漠仅仅45分钟的车程。

从Z市出发,经过拉孜、聂拉木县城,再往西北,沿着一条峡谷沟来到这个神奇的地方。由于地形的不同,地势急剧下降,四周的环境也骤然突变。进入卡里美境地后,荒凉的沙漠便被越野车抛弃在后头,扔得远远的,而接替出现在眼前的是一条很狭窄的小山路。沿山路下驶,一边是深不见底的悬崖,另一边是险恶的峭壁,车子在盘旋,像一只勇猛高傲的苍鹰在高空中滑翔。"只缘身在此山中"。如同立体电影一般,整个身子全融入了山谷之间,绿林之里,迎面而来的全是怪石嶙峋,越往下,峡谷越深,山越高,风也越凉,绿意也越凝重。树木越来越高大茂盛,越来越密集,甚至有了些阴森的感觉。

要不是识路的司机介绍,还以为是误入海市蜃楼了。这也难怪,仅40

每个人都是花色的

多公里的路程，海拔就从 5000 多米急剧下降到 1600 多米，公路急转直下，沿途地貌也迅速转变。刚才，还是满眼的苍茫荒凉，尘土飞扬，泥沙走动，空气干燥，呼吸困难，胃口难受，浑身极不舒服。只是一闭上眼，还不到 45 分钟的时间，整个车子就奔腾在林海石丛之中了。远远的，隐约间，可见有一两间小石窟和小房子散落在陡峭的山腰里。据说一些石窟便是禅师修行的寺院，而小房子，是藏民居住的地方。

偶尔看见一两个藏民在石隙上挥手，似乎在除山草，又似乎在欢迎我们这群不速之客。给了我们万分意外的卡里美，满山的翠绿将我们带入一个清凉圣洁的世界，空气清净湿润，令人呼吸舒畅轻松。抬头是郁郁葱葱的山峰，伴到白云萦绕，人们似乎被装进一个绿色的花瓶子里，瓶口处便是湛蓝湛蓝的天空。四周同样被山野环抱着，置身于翠绿和山风之中，就像在绿色森林里游泳，每一口空气都是清新的，每一个山风声都是奇妙的，连伸在空中的双手，也沾染上了绿野的味道。胆子大的将身子探出车外，向下俯瞰，只见山峦堆叠，山大沟深，山谷深洞，一些落差较大的地方，到处是山涧流水，时不时还可看到小小的瀑布。除了阵阵松涛声，便是咚咚的清泉流水声，众声交杂在一起，形成了一曲美妙的山涧奏鸣曲，使人如沐天籁之音，恍惚来到了天上瑶池，浑然忘我。

进入藏地，感觉当地人真是纯朴真诚、礼貌客气。小伙子的健壮、姑娘们的美丽，青春而活泼，热情且大方，给人留下了一种美好的印象，就连随处可见的牛羊也充满了独特的魅力。而在卡里美——Clean climey，依山而建的房屋、在半山空地附拥而成的小镇集市、熙熙攘攘行走在街上的人群、空气中传来的阵阵香气，还有那精彩的歌舞，美味的羊肉、酥油茶，同样令人心驰向往。

>>>
没有一回的快乐是无烦扰的。
——福莱

凤凰山水情相忘

搭建在水边的木楼是结实的老房子,漆已褪去,但踩在厚实的木板上,却感觉十分踏实。每一个木楼就像守候在岸边的少妇,痴情地等着外出的木船。

最早认识凤凰,是从沈从文先生的《边城》里。接着,在凤凰卫视看到黄永玉谈小城凤凰,知道了湘西这个美丽而极其传奇的地方。于是,心被放飞了,选择一个不是节日的日子,来到山水名镇凤凰城。

宁静而致远。远离喧哗的闹市,在凤凰小城里,我们有了独自思考的空间。清晨的沱江偶尔有雾,淡淡的轻纱披挂在凤凰这个少女身上,增添了一点神秘和几分安宁。推开木格窗子,凉凉的山风捎着微微的水气,拂在人面上,顿觉清醒许多。晨曦微露,悄悄地照耀着每一片树木,每一只小船,每一幢小楼,又似乎不愿吵醒一切。当晨雾在人的脸部轻轻掠过时,你会觉得,日子洒满了湘酒的味道。在人们早起后,就有了开门声,开窗声,招呼声,还有江里"吱呀""咿欤"声……游弋的小舟荡漾在沱江上,涨起的水珠儿像不小心跌落的珍珠,在微烟淡雾里十分娇贵。

搭建在水边的木楼是结实的老房子,漆已褪去,但踩在厚实的木板

每个人都是花色的

上,却感觉十分踏实。每一个木楼就像守候在岸边的少妇,痴情地等着外出的木船。船也与四周的江水山峦融为一体,坐满游客轻荡江上也好,一人独撑拉网捕鱼也罢,是沱江上不可或缺的风景线。捕起的鱼虾非常吸引人,新鲜美味自然成了抢手货。在铺满麻油石的小巷子里吃烧烤,尝风味小吃,看游人在江边拍照,看妇女在石阶拍衣,看小孩子在街头玩耍,看老人们坐在一起安详聊天,这一切的山水人文,都变得十分惬意亲切起来。

凤凰的夜更是令人陶醉。静谧、安详、幽雅,可以打开木格子窗吹吹江风,听远方传来的若有若无的歌声,看看江边那盏盏渔火;也可以静静地坐在木屋子里喝一杯香浓浓的苦丁茶,或者听听音乐、看看书;也可以走出去,在街头买买你喜欢的东西,吃一吃湘西特有的姜糖和豆浆;还可以走向前,奔到人群中去,参加大家的篝火晚会……

身处山水情,久久不愿归去,是怕他处的喧哗与尘埃又将身躯沾染。依依不愿回来,是因为陶醉在一曲凤凰涅槃里不肯醒来。此时此刻,忘情凤凰山水间……

做好事是人生中唯一确实快乐的行动。
——西德尼

第一辑 伤感的传说是一束紫罗兰

江水悠悠灯芯洲

这样一个周末，静静地坐在江边，寄居蕉下竹林，聆听小沟水悄悄地流淌进江里的声音，看江上波光粼粼的景象，偶尔一阵风吹拂，也带来些淡淡的灯芯草香，竟有些眩醉了。

　　正午的灯芯草滩静得出奇，在家乡南潮村西南面临榕江处，四周没有车马的喧哗，空气都有了烘烘的气息。我们从大堤坝走去，沿着曾经是绿竹成荫的堤旁下到了望不到边的灯芯草洲滩，当地人称咸草坪或者灯芯洲。

　　远处是江水与天边。浅堤之外，榕江水悠悠自流，夹杂着些许绿莹莹的水浮莲，倒也显示出水流湍急的程度。潮起潮落，草滩也跟随着水退水浸。据说是，南北两江之水相汇于此，淡水渐止；而涨潮时，汕头海水也在此停步。咸淡水的交汇渗透，使此处的水域丰富渔产繁多，也是一大福地。

　　灯芯草洲滩被内堤长长地包围起来，灯芯草荒茫茫的一片乱长，从眼前望不到尽头。草秆在阳光下有晃眼的墨绿，细看棱角分明。草花长成六瓣，对称地坠在杆头，再浅色些恐怕整个就成白洋淀了。

　　有几位乡人在草棚下纳凉，吸烟。他们把灯芯草割后削剥均匀，整整齐齐铺在堤上曝晒。草洲滩里有几道纵横交陌的泥陇，陇旁小沟水偶尔发出声音，但不大，只是周围的静寂，才使我们留意到它；出了外堤，江水一直悠悠地向着东淌去，那是榕江水汇出海的地方。小河滩上不时跳跃鲦鱼，有的扑入洼里，有的跳上湿湿的泥涂边，一只不知名的鸟儿"吱"地叫了一声从灯芯草丛里飞出，又飞进另一片灯芯草丛里。

这样一个周末，静静地坐在江边，寄居蕉下竹林，聆听小沟水悄悄地流淌进江里的声音，看江上波光粼粼的景象，偶尔一阵风吹拂，也带来些淡淡的灯芯草香，竟有些眩醉了。

似曾相识。偶然忆起，曾经的一个午后，独自一人驱车来到这里。停车，上堤，极目远眺，放眼尽是青翠，又有天边滔滔江水。心胸开阔，空气里弥漫着一丝丝青草味道。瑶亮哥在草洲滩放牛，远远地朝我招手，我的突然出现，给了他一份惊喜。彼时，有微湿的雨丝，我慢慢地走在灯芯草滩丛中的泥泞小路上，接了一个电话——刚刚有移动电话，这只无线的玩意儿把话筒那头的人儿拉到耳边。

七八岁时，曾跟在亮哥身后，在草洲放牛，烤番薯，捕鱼虾，跑到江边，看望亮哥的一个同学小西。小西在家人的帮助下，搭了一个草棚在水上，作为歇脚点，用以张网捕鱼……七八岁的我，第一次行走在用竹竿搭起的桥上，新鲜而趣奇，记忆犹新。那个捕鱼的兄长，午餐是家人送来的一钵白花花的米饭，还有一两块豆干和一小块腐乳，好不诱人。我跟亮哥用泥巴窨烤的番薯，香味扑鼻。小西用自己所捕捞的小鱼小虾小蟹加上岸边生菜煮成的鲜汤，令我们狼吞虎咽。

回忆往事，犹在昨天。如今，一个移动电话却把我拉回现实。我知道电话那头的人儿，或许还在等待我给出一个承诺。但是，放马灯芯草洲滩，其实是我内心选择的逃避的借口。在爱情面前，我能做到的，只有深深地呼吸着乡土气息，重拾童年灯芯草滩那熟悉的味道……

这不起眼的灯芯草，潮汕人都叫它咸草、结发草，也有人将并蒂的草用作婚庆祥瑞之物，更有能工巧匠将它织成草鞋，编成草席，传到很远的地方。或许远在他乡的人儿，躺在带着家乡草香的席儿，时时做着梦回故梓好梦，也未知自己身是过客。

　　灯芯草滩是盛产蟛蜞、螃蟹的地方。游南潮乡灯芯草洲，只要自己有兴趣，还可以捋起衣袖捉起蟛蜞。小沟边、石滩里都可以寻见蟛蜞。天气闷热，蟛蜞溜在洞口，用丝线系上一点萝卜干或者菜叶，垂下在蟛蜞边，须臾就可"钓"得，非常有趣。那钓饵不时在蟛蜞眼前摆动，它一见就用钳子夹住，此时你就可以不慌不忙地起"钓"，只管把它搁进篓里桶里。石滩上的蟛蜞也不大走动，随手翻起一两块石头，都可以捉到它。

　　在草洲滩里的小沟里还盘踞有螃蟹，个子比蟛蜞要大得多，是大闸蟹品种，肉味也比蟛蜞要鲜甜。捉螃蟹可得懂识蟹洞，它把洞挖在沟里半搁着水的地方，洞口扁平，用手掏摸可捉。

　　真正想捉蟛蜞的，就下到灯芯草滩里去，一手提桶，一手拿铲，看准蟛蜞居住的洞，用铲在洞口一插一撬，那蟛蜞乖乖就露在眼前，愣愣地瞪着两只怪眼茫然四顾，不知所措。灯芯草洲密密麻麻的四处盛长蟛蜞，站在一小处地方，前后左右都可见被蟛蜞打钻得千疮百孔一般的洞子。钓蟛蜞不失为游灯芯草洲时一份独特的娱乐节目。

>>>
快乐，是人生中最伟大的事！
——高尔基

每个人都是花色的

闻说双溪春尚好

"两溪明月"是揭邑古八景之一。江水明月很有诗情画意。景因诗名,诗因景生。自古以来,美好的东西,总是能够引起大家共鸣的。

"两溪明月"是揭邑古八景之一。江水明月很有诗情画意。月明之夜,泛舟夜游一直是游人心中的愿望,位于家乡"双溪嘴"的这处胜景也有很多神奇的传说,所以一提及这个景点,总是让人心驰神往。

榕江南北两河来到这里交汇,形成Y字向汕头海口流去,双刀斫竹一样,感觉很有冲击力。有人说退潮时江水至此稍止,涨潮则海水在此却步,所以这一带江宽水阔,水族盛产,鱼种丰富,渔民很开心。小时候最喜欢在夏天和伙伴到江里游泳,虽然江水湍急,但很清凉洁净;现在江面多了些水浮莲,令人敬而远之。不过泛舟夜游或者日游还是可以的,约上三两知己,租上一渔船,不懂掌舵的游客就应该连带请船夫,一为安全起见,二来撑船兼导游。如果自己识得水性并且执意要独乐乐的话就不必。

我二堂哥吴烨在南潮渡口撑船。我回去家乡的时候总喜欢坐在渡船里,从南潮渡这边坐渡船搭到渔湖张厝宫,然后很惬意地乘回来。有时还可以坐在船沿边把双足放进江里漱荡,有时还会惹到几尾鲜活的鱼虾跳上船中。

第一辑　伤感的传说是一束紫罗兰

　　故乡的"两溪明月"，在每年只有一个月朗星稀之夜（一说是五月十三夜，一说是八月十三夜），恰逢两溪之水相涌出海，江水激撞，荡起水墙，从某个位子远远望去，便犹如海上竖起的一面长形巨镜，成一大奇观：天上一轮皓月高挂，而两溪之中，竟同时浮现出两轮玉盘，三月如明珠互映，浑圆皎洁，银辉冷艳，江水熠熠，异彩尽洒，妙不可喻。游人若于月夜泛舟至此，念上"吴中四士"张若虚之《春江花月夜》"春江潮水连海平，海上明月共潮生。滟滟随波千万里，何处春江无月明。江流宛转绕芳甸，月照花林皆似霰。空里流霜不觉飞，汀上白沙看不见。江天一色无纤尘，皎皎空中孤月轮。江畔何人初见月？江月何年初照人？人生代代无穷已，江月年年只相似……"浮想联翩，倒也为两溪月夜一景徒添雅致逸趣，景因诗名，诗因景生。自古以来，美好的东西，总是能够引起大家共鸣的。

　　揭阳民间传说，明朝倭寇时常溯江入揭抢掠闹事。南潮村乡人遂在南河渡东侧河床"七星石"处增设乱石，状若暗礁铁链，对阻寇船起了不少作用。有一次，海寇船至此搁浅，当匪徒伺机上岸准备掠夺一番时，忽有人告知匪首，此处系吴复古故里南潮村，匪头诚惶诚恐，当即喝退手下，恭敬而退。其他还有元末义军将领陈友谅兵败后，其军师"虱母仙"何野云抵此游览，竟酣赏忘返，得道后被玉帝贬为此处河神，曾使法力使载不义之财的船只沉没，将船上米粟搬到桑浦山上贮存赈济穷苦人家，此为"两溪嘴沉船，玉井岩出米"之说。也有明朝揭邑知县冯太爷冯元飚携苏氏至此赏月，借机为黄月容夫人报了仇的故事……其中皆与"正义"相关，可见浩浩乾坤，皎皎明月，清白人间。

　　古人咏月，有"举杯邀明月，对影成三人"的雅致，有"举头望明月，低头思故乡"的惆怅，有"皎皎明月，照我东床"的洒脱，有"人有悲欢离合，月有阴晴圆缺"的理智，有"海上生明月，天涯共此时"的美好祝愿……我更侧重偏爱于"守得云开见月明"的意境，有人生的历练，有天将降大任于斯人的豁达。同时，我也喜爱风清月明，朗朗乾坤，正气凛然。

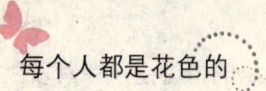

每个人都是花色的

　　李清照写《武陵春》："闻说双溪春尚好，也拟泛轻舟；只恐双溪舴艋舟，载不动、许多愁。"虽然与此"两溪明月"各不相干，但不管何人至此，倒也无不感叹不已，引发共鸣了。现如今，两溪两岸，真所谓"忽如一夜春风来，千树万树梨花开"，当春风吹绿江南岸、黄金淘尽万里沙的时候，大地醉醺醺地睁开双眼，她惊喜地发觉：呵，两岸高楼拔地而起，陆上交通四通八达，水上巨艇小舟来回竞渡，揭阳潮汕机场正式起航，粤东明珠熠熠生辉，到处一派繁荣景象。

　　是夜，当你泛舟溪流，在江风微送、忘情于月色之际，你会吟唱一番：江山如此多娇！看那两岸之上，灯火辉煌，蜿蜒万里，辉影倒映江面，互相交照，闪烁不停，奇观异景，更如万千个明月，竞相放光，无比夺目。特别是不久的将来，投资开发建设的新景点，会构成一幅新两溪明月图，那就更令人心驰神往了。

快乐不在于事情，而在于我们自己。
——理查德·瓦格纳

第一辑 伤感的传说是一束紫罗兰

竹杖芒鞋轻胜马

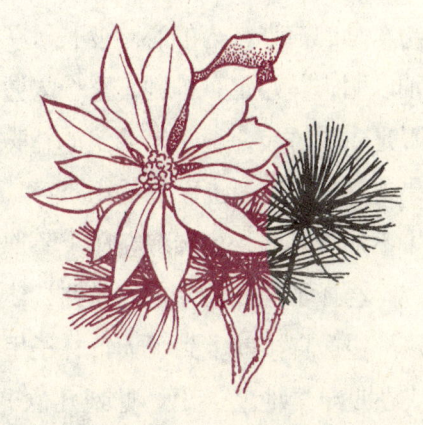

这一夜，睡得最香最醉。如果不是早晨有淅淅沥沥的雨点声，加上偶尔的几声鸟啾，你一定会沉睡在梦里不知身是客，也会赖在床上不愿起来。

"莫听穿林打叶声，何妨吟啸且徐行。竹杖芒鞋轻胜马，谁怕？一蓑烟雨任平生。料峭春风吹酒醒，微冷，山头斜照却相迎。回首向来萧瑟处，归去，也无风雨也无晴。"苏东坡一曲《定风波》，道出了作者在贬黄州途中遇雨"雨具先去，同行皆狼狈，余独不觉"的处世精神和开阔胸襟，表达了其不为外物所动、不为忧患所扰的高深学养及豁达的人生态度和宠辱不惊的胸怀。这大概也正是竹子真实的写照了吧。

清早，被一阵鸟鸣声叫醒了，睁开眼，发觉窗外下了雨……感觉是如此的奇妙，早晨的山竹林里，处处是清纯、新鲜的空气。伸了伸腰，决定在雨后的早上，游游华清竹林。

粤东名乡揭东锡场镇华清村的竹林，远近闻名。周五下午，我就开车来到了这里，能在周末到此走走，倒也是轻闲放松，更难得的是，因条件许可，夜里就在竹林下的屋子里过夜了。虽然有些冷，但是换了新环境。在万籁俱寂的村间山竹林里，夜是神奇、安详、宁静的，没有都市的繁华

每个人都是花色的

与车马的喧哗，人的心绪变长远了，眼界似乎也开阔了，宁静而致远，淡泊以明志，心定、神驰，整个人置身于大自然之中，周围是竹丛环抱，双眼是翠绿竹枝，鼻子是淡淡的竹味清香味……这一夜，睡得最香最醉。如果不是早晨有淅淅沥沥的雨点声，加上偶尔的几声鸟啾，你一定会沉睡梦里不知身是客，也会赖在床上不愿起来。

选择了一处较易走的小路，绕过几丘菜田地，走过三五个鱼池，经过水厂边，直接就上到了大竹林子里。雨后的路有些泥泞难走，但打笋的农夫还是早早地上了山。见到几位老伯，手拿笋撬，对准笋根两三下挫去，一块块又白又粗、又靓又大的竹笋"浮"出了土面。虽然山中仍有些寒意，但却被收获的喜悦赶得远远的了。

竹林间静悄悄的，空气十分清新。漫步竹林中，不禁令人遐思万千。竹子不仅质地坚硬，用途广泛，浑身全是农家宝，更让人钦佩敬叹的是它无比顽强的生命力。在当地，竹子总是象征着正义、吉祥、和平。置身于山林竹野，心头总会涌起一股暖意。在潮汕地区，竹子最能体现它自身的价值之时，莫过于逢年过节：像正月里，村头高高搭起的彩棚，挂着灯笼的喜庆门、迎客台，演戏用的戏棚，游神赛会的彩旗；五月节划龙舟用的撑船竿，插满溪河两边的标旗，树在江中作标记的带有青翠竹叶的竹榜；八月中秋之夜燃放烟火的搭棚……处处都有竹子的影子。在人们的生活中，几乎随处都可见到竹的影子：竹椅、竹篮、竹竿、竹筐……就连小孩子赶牛赶鹅钓鱼用的小竹枝、挑水挑物用的扁担、晾衣用的工具，农民围篱用的竹竿，渔民打鱼用的竹排、竹栅，甚至教师用的教鞭、大人打小孩的物件，全部来自竹子。竹叶竹芯竹茹皆可入药，竹笋本身也是一块宝，可做汤炒菜做笋果，可酿笋酸晒笋脯馈赠亲友，是潮汕著名的土特产之一。

漫步在竹丛中，吸着清新、甘甜的空气，呼吸舒畅，心情惬意，真想放声高歌，振臂高呼。偶有小鸟掠过，"吱——"竹叶微微一颤，一滴雨珠掉下，融入土里，倏地不见。竹还是那样青翠欲滴，竹林叠叠，竹叶簇簇，一片连接着一片，一直相连向远方蔓延，如一张绿色的巨大绸缎抛盖

第一辑 伤感的传说是一束紫罗兰

在山野上。在竹丛上，一根根新芽探出头来，熟悉而嫩小的笋芽，样子娇羞可爱，如小鸟般好奇地瞅着我们，竹叶落在地上，踩上去软软的，沙沙地响，使人恍惚来到了绿野仙林。

游完竹林，如果时间允许，还可以在主人的邀请下，来到池旁大树下，喝功夫茶，吃点心。当然，别忘了午餐那一顿竹笋炒果条加上一锅美味的鲜竹笋炖汤，真可谓大饱口福了。竹林竹子，无论是现实生活还是精神层面都给我们带来了太多的惊喜和感叹，唯有怀着虔诚恭敬的心，才能更好地品读出竹的骨髓品质。

>>>
人们需要快乐，就像需要衣服一样。
——玛格瑞特·科利尔·格雷厄姆

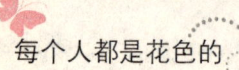

每个人都是花色的

及凌云处且虚心

竹林是神奇、安详、宁静的。轻轻地踏在铺满落叶的竹缝小道上，软绵绵的厚厚的竹叶总会发出沙沙沙的声音，那是竹林里最美妙的歌声。

我的故乡——粤东揭阳炮台镇南潮村的西南面，有一长长大堤。堤岸上满是苍苍翠翠的竹子。多年前离开家乡时，我们恋恋不舍走上江堤竹林，极目眺望。竹子啊，一年四季总是保持着一份优雅的黛绿。临走时看着这片竹野，恨不得全装进心间，让人能在他乡炎炎夏日中感受到清爽、在冰冷冬日揣着一股暖意。

每年的中秋之夜，是故乡的竹彰显她辉煌之时。是夜的烟火棚，棚架全是用竹子搭起来的。夜幕还未降临，孩子们已成群结伴从竹堤上拖来一根根大竹，拖到晒谷场上搭起竹架，再在竹棚外层披上一扎扎稻草，整个烟火棚约有三四层楼高，越高越预兆来年将是个红红火火的丰收年。月过中天夜未央，赏月的人们已微醺，就有长辈喊令"点火——"，一下子，披着稻草洒上煤油的竹棚"哄"地烧了起来。在一片欢呼声中大家赶紧把手心里那些已经捏出汗来的盐粒朝烟火棚撒去，祈望美好的心愿能够实现。"噼噼啪啪"声中烟火的光彩更加美丽，星星点点的火花让小伙伴乐开怀。火苗如火龙一样呼呼直往烟火棚上窜，狂噬猛吞。火焰照得每个人脸上亮堂堂、红彤彤，更照得整个晒谷场如同白昼……在人们的阵阵惊呼声中，烟火棚慢慢地烧得只剩下残灰余渣，这个时候，整个晒谷场也渐渐地恢复了它的宁静、秘谧。

　　竹林是神奇、安详、宁静的，没有都市的繁喧，宁静而致远，竹丛环抱，双眼是翠绿竹枝……慢慢地走在竹林子里，夏日点点滴滴地穿射过丛丛簇簇竹叶间，依稀似星儿挂在竹枝上，洒落在地上的闪闪光芒，犹如撒在竹林间的金子和珠宝。轻轻地踏在铺满落叶的竹缝小道上，软绵绵的厚厚的竹叶总会发出沙沙沙的声音，那是竹林里最美妙的歌声。落地的竹叶虽然变了色泽，退却了碧绿，却有了干枯的浅灰色，是童年小孩子的心头至爱。它可以当书签，小女孩还喜欢在上面画画写写，偷偷地收进床头的小木箱子里，或者悄悄地送给喜欢的女友；男孩子把它当令箭，捎着带有竹尾的竹枝，大笔一挥，便是大将军发号施令的旗牌或飞镖；牧童还可以用竹叶夹在唇间吹响晚归的哨号，一支支用竹子做成的笛子或箫子，更是田间山头小伙伴们比赛演奏的好乐器；但更多的时候，这些铺满一地的竹叶，却是村里人装满了用竹子做的簸箕或筐子的上好燃料。

　　清晨雨后的竹林间，有一股淡淡的香味。"宁可食无肉，不可居无竹"道出了文人对四君子之一竹子高尚品质的推崇。竹，是正义、虚怀、青春、翠绿、精进、和谐的象征。让人深为钦佩的是，它总是一派高风亮节，刚正不阿，清白虚心。竹林葳蕤挺拔，直向高处生长——但不管长多高多长，它总是保持着虚心的本质。竹子似志向高尚者般自强不息，白天勤勉戒惧，晚夕间也警惕谦谨；未出土先有节，不为世俗所影响；及凌云处且虚心，才能让它更广大、葳蕤、旺盛、扩展，纵然身居高位，也能虚怀若谷，有容乃大啊！

　　多年后的今天，我们又回到了梦中向往的家乡。来不及坐下去喝上一杯浓浓的功夫茶，来不及品赏叔伯兄弟家里豪华高档的电器装饰，来不及感受建设新农村带来的巨大的变化……第一件事，就是向江堤走去——来到了我们日夜思念的地方。江堤上，竹丛叠叠，竹叶簇簇，堤外是清洌流淌的榕江水，堤内是满片满片的稻田；堤岸还种满了香蕉、番石榴、木

每个人都是花色的

瓜、冬瓜、角瓜、青瓜、番薯……竹林比以前更青翠茂盛，与堤边的榕树竞相争翠，一直相连向天边蔓延。一阵微风吹来，竹叶沙沙作响，轻枝微颤犹如宫女婆娑起舞，配上小村的公园，假山、流水、小桥，景色宜人。望着眼前的美景，我们深深地吸了一口气。嗯，江堤的空气好新鲜哩。

家乡的竹园，绿色的梦想，童年的乐园。

>>>
尽可多创造快乐去填满时间，哪可活活缚着时间来陪着快乐。

——闻一多

溪云初起日沉阁

傍晚的村野十分美丽。清爽的风儿捎来纯朴的农家气息,还带着乡里间那股特有的淡淡泥土芳香,令人陶醉。乡村的夜,风变得轻柔起来,夜色也愈加凝重。

　　傍晚的村野十分美丽。天际的夕阳映得云彩一片绚烂。天地一片宽广无垠,清爽的风儿捎来纯朴的农家气息,还带着乡里间那股特有的淡淡泥土芳香,令人陶醉。

　　溪云初起日沉阁。彩云堆积,簇簇丛拥满西天,晚霞被余晖衬托得无比灿烂。走上四楼天台,顿觉精神一振,心旷神怡,眼界舒畅。伸了伸双臂,贪婪地深吸了几口气。忽然,发觉阳台的角落好像多了一样东西,那是什么?——多年的栏杆,几处外壁均已剥落。以往,每当一走到那头,人的心绪难免总会抑闷,总想赶紧逃避这阴湿霉气的角落。而现在并不,完完全全地相反,异常惊喜地赶近前去——那是临近排水口的上方,经常较为潮湿的地方,水泥和钢筋的栏杆柱裸露的一隅,就在这样一个地方,却分明生长着,绿意盎然的,忸忸怩怩的,令人怦怦心跳的一株小绿树。

每个人都是花色的

这株小树，竟然生长在钢筋水泥的隙缝里，依借枝叶的舒展，以汲取更多的一点雨露、阳光；还有那裸露在外的根，小心翼翼地伸展到四周，去探取那一点点立足之地，以及能更好地汲取那少得可怜的雨水、雾水。说不清是枝叶支持了根，还是根扶持了枝叶。它们本来已是浑然一体，信念坚定，就在这如同石隙的水泥栏杆旁扎下了根。那弯曲盘绕的老根被岁月烙上了一层灰泥印记，磨砺老练，亦如老人深褐色的拐杖。紧紧地，牢固地，盘插在这混凝土石柱上，而它的分杈和枝叶，又如酝酿着巨大的力量，眼看就像要突然爆发出来似的。它盘踞在钢铁水泥丛里，让人油然而生出坦诚和信任感，感觉就算风吹雨打，日晒雪淋也难以摧残于它。仔细观察，发觉它的枝也长得相当标致，每一节，全是一小排的对称叶子，叶底下，是一粒粒米黄色的小颗粒，就在夕阳底下，展示出它生命的魅力。

"这是什么？倒是像极'放大'了的含羞草啊！"

"当然不是了。这就是山头上的'油甘'果树，不久前野生的。"

"哦！真没想到，在这种地方，它竟然长得这么好！""是的，固然有了人们给它生存的便利，也要它自己的选择与努力啊！"

"夕阳、残壁、异树、奇花、云霞……单是这屋角，便能反映出我们这一带地方的风俗习性，再配上背影天空和云朵，太美妙了！"

不错，那正是一棵当地人称之为"油甘"的果树。或许，它也会像山顶上真正成长的油甘树一样，到中秋时节，也结出圆圆的，亮亮的，大如拇指、皮色青翠、味甘酸涩的油甘子。那是多么惹人喜爱的果子。它的品种也较多，有的甜脆可口，有的酸涩止渴，当地人大都生吃，当然也可以把它加工成蜜饯凉果送给亲朋好友，油甘子的叶子还可以塞进枕头里，当做枕芯用。特别是在夏天，它还能起到散热通风、安枕祛湿的作用，非常有药用价值。

本来，以为只有在山上才能生长，没料到，在钢筋水泥结构的阳台角落，它竟能长成一棵约1米高的小树苗。

野生的油甘树为山村乡野的傍晚抹上了一道美丽的小风景，更给我们带来了一份意外和惊喜。小树的生命力如此旺盛，在这种土壤贫乏、石隙险恶的地方，都能如此顽强地成长，不禁令人肃然起敬。不知不觉，晚风已起，夜幕悄悄降临。"山雨欲来风满楼"。山村没多少高楼，唯一的四层楼便成了制高点，风也变得多情眷恋起来，旋绕此处，营造山雨欲来的气势。

伴随着沙沙作响的树叶，楼台风声阵阵呼啸，仿佛火车穿越隧道。偶尔，如同台风刮过窗台，呼呼吱吱满楼合奏。随着时间的移走，风声渐行渐息，雨却是不来的了。

乡间的傍晚，是如此的恬静、安谧。那一份静寂足以让人心颤。一切空灵而静止，迷蒙而神秘。

屋后的树林好像突然间在长高长大，枝叶张牙舞爪，黑压压铺向整个乡间。宁静而致远。凝神，似乎天地间有一丝、一线、一股声音在慢慢传来。细细地、静静地聆听，却又缈无、虚幻。耳侧的响声，是那样遥远，又是那样亲近；那样巨大，又是那样的寂静。在这若有若无的情景下，我们的心绪被牵远了……

又快到收获的季节了。我们的心里是多么高兴啊。丰收的喜悦是可以用全副身心去感受的。当眼看到稻穗笑弯了腰，当耳听到风抚稻田的声音，当手触到颗颗硕实的谷粒，当鼻子嗅到满腔的乡土气息……人们的脸上都闪亮着红光，洋洋的喜气弥漫着整个心田。在有月的夜里，可以趁着月色到田间走走！退一步，也可以撑上一把风灯，让自己与夜里的大自然进行一次亲切、纯朴的对话。

一个人，如若总是生活在城市的车水马龙、钢铁森林之中，整日吸的是汽车、工厂排出的废气，见到的仅是灰蒙蒙的天，听到的又是那些令人心烦的嘈杂声，总是未免过于被动受累。生活在大城市里受到诸多的限制，视野十分狭隘，如果能到乡下走走，吹吹扑面而来带着乡土气息的晚风，一切都是如此亲切多好啊。

是的，四周山色伴人归。夕阳下，微风吹拂，荷锄而返，心情变得愉悦轻松起来……当你光着脚走在乡间那条由小草、小花和泥土铺成的田垄时，当你踩着柔软松动的田地时，当你走进绿油油的菜地里时，当你踏着

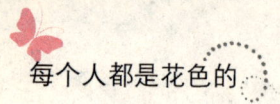

每个人都是花色的

长满作物的山坡时，心里就有一份充实、舒畅的感觉。周围是一些不知名的小虫在啾鸣，远处是灰黝黝黑魆魆的树林，风也吹得人好凉快，脚步是轻快的，脚底是宽厚踏实的，地是宽阔踏实的，心也是宽阔踏实的。

　　还记得那一次收获吗？那丰收的喜悦弥漫着整个田园。当然，乡村的生活是多么难忘。是劳动的艰辛，是月光下打谷的汗水，是溪河里的嬉闹，是心与心无设防的沟通，是伙伴们炽热的真诚，是那一碗清甜可口的红糖番薯姜汤，是打着手电筒到田头里捕获的青蛙、鳝鱼、泥鳅、田螺，是夏夜里满面天的星斗，是那凉凉地带着丝丝泥土香味和稻穗花香的乡村夜风，是那躺在谷堆上、听老人讲那永听不倦的《三国演义》《水浒传》……

　　乡村的夜，未央。蛙叫累了，连老水牛也不哞一声。晒谷场上，童年的伙伴们袒着肚皮穿着短裤衩仰面朝天，一边看满天的星星，一边听那弦一般美妙的打谷声，一边贪婪地深呼吸着散发着阳光余热和稻谷饱熟混杂在一起的香味。顽皮的小孩子在谷堆旁玩起捉迷藏，放肆地跳到谷堆上，伴着大人们发出的阵阵吆喝声，风变得轻柔起来，夜色也愈加凝重。

允许孩子们以他们自己的方式获得快乐，难道还有比这更好的方法？

——塞·约翰逊

第一辑 伤感的传说是一束紫罗兰

寒夜客来茶当酒

茶壶里水变少时,改为"韩信点兵",每一杯施以一点一滴,颇有大将临城,午夜突击验兵之意。毕,手一摆,喊一声"请",无限情意便在浓浓茶香中袅袅化开来。

　　茶文化是潮汕传统饮食文化之一。潮汕人热情好客,现在一般人家总备着数个茶种。茶种以制法分天然日晒和人工半发酵(炒、焙)、全发酵等;以区域产地分高山云雾、丘陵、平地;以色种分乌龙茶(青茶),乌茶(全发酵黑茶,如云南普洱),绿茶,红茶,白茶,黄茶;以季节分春、夏、秋、冬……半发酵的青茶以乌龙茶最出名,而乌龙茶中以焙茶铁观音较盛名,"重似铁形若观音",其香溢远。当然还有闽南的黄金贵、毛蟹尖,闽北的武夷大红袍、肉桂、铁罗汉,潮州的凤凰单枞茶等。红茶的味道也很好,适宜于袋装泡水,清清冽冽,浅浅低吟,小呷抿唇,颇有绅士与仕女风情,喝着喝着,那股淡淡的茶香,不知不觉就在齿间漫漾,喉舌甘醇。而现如今,在潮汕地方用绿茶制作的炒茶,也颇受欢迎,原因在于它浓香争味而不伤胃,滚水冲泡还未入口即可嗅到热烈散溢的茗香。

　　潮汕人喝茶颇为讲究。以其冲泡的水候、茶具器皿及所泡用的茶种严格要求而著称。其中单单就以半发酵的青茶铁观音,以其制法工艺复杂费时、泡法讲究而被称"功夫茶"。不过，现在潮汕人所泡饮的茶种，也不会仅备铁观音这么乏味，目前已延伸到绿、红、黄、白、乌……甚至茉莉花、金银花、溪黄草、罗汉果等花茶……茶的品种多样化，而煮茶、冲泡、用水选择等方面，却绝不马虎。

潮人讲究"茶三酒四游玩二"，喝茶以三人为佳，这样每一盅所泡的，也正是三杯子，呈"品"字状，色、香、味恰到好处。喝酒四人为佳，猜拳添兴、叫喝聊天，喝兴不减；游玩取二人为上，意见易于统一，两人为伴，相互关照。水以取山涧甘泉为上，上流溪水为中，江河及井水为次；昔用红泥炉烧木炭、橄榄核，加紫砂壶以煮其水，煮沸时稍带炭香，冲茶时浑然天成。而今，讲究善巧方便，用上电热壶也算快捷了些。

水沸腾后，先淋杯烫壶，加入茶，再用水把壶中的茶烫一遍、用盖刮沫，首泡茶水冲出来以洗杯。第二次再以高冲之势，以冲出茶泡沫为佳，用茶盖抹掉其沫，以低势洒入小杯子中，这是"高冲低洒"。洒的过程中，先是"关公巡城"，来回不停地在每个杯子中洒动，至茶壶里水变少时，改为"韩信点兵"，每一杯施以一点一滴，颇有大将临城，午夜突击验兵之意。毕，手一摆，喊一声"请"，无限情意便在浓浓茶香中袅袅化开来。

古时有一位大官吏，某一深夜突然茶兴大作，命下人一同撑船前往探望老友，一行人在寒夜中摸黑沿江水前进，将到时，大官却忽然命人将船撑返。下人不解，官员乃曰，点到为止，一路而来，沿途茶已尽瘾，其兴甚佳，何必一定要到友人府上呢？或许，官员也正知，如此三更半夜，身为不速之客突然来访，对友人而言，"寒夜客来茶当酒"，恐怕一时应措不及，匆促之间，也未必能备上一杯半热温茶，焉能在清风徐来、琴瑟和鸣中品一份高山流水的心情？

似此雅兴豪情，吾其实也曾仿学于前人，不过，却是凌晨时分，不速之客直奔友人府上。扰动清梦，叫友人披衣秉烛，煮茶夜谈。直至鸡鸣三遍，晨曦初露，茶酣人懒，方才告辞。那一次，也是因有一小事，至午夜23时多仍无睡意，于床上辗转反侧，心有所动，遂披衣起床，下楼蹬车，奔往3公里外市试验区渔湖东寨村陈建池君处，先不说途中车飙人狂、路

第一辑 伤感的传说是一束紫罗兰

边树影幢幢、夜风嗖嗖，却说到达时陈君先是满脸的惺忪睡意和梦里的疑惑惊讶，接着是十分欢喜，忙不迭请入座而点上茶炉、搬出茶具，于是两人促膝夜谈、煮茗奕棋，至东方拂晓。

我楼下有一间十多平方米宽的小屋，可以存放单车，也作以清闲小屋，备上一套功夫茶具，常候友人往来。"清心也可以，也可以清心，心也可以清，可以清心也"。自吾此间从读师范附小三年级小学开设始，至吾高中毕业后外出，其间数年，日接夜应，日夜不间，人来客往，茶炉不歇。初，三两小同窗，小打小闹，虽茶水不断，而不值一语。至初中，已成规模，三五成群，难得间歇，一拨刚走，一拨又至。有张三携其好友同来者，有李四单刀赴会者，或备上一两份下茶佐料，或两腋生风只带一颗品茶的心，来的都是客，一时间欢声笑语相遇一堂，直饮得茶淡再换，换后告罄仍不肯罢。"笑居"雅号在外，友人相爱，互传开去，闻讯接踵而来者，更是络绎不绝。

可以不谈国是，可以把茶言欢，可以打牌叙旧，可以互换诗稿……而一杯清茶，便将一切紧紧系在一块。有友性豪迈者，人未到而先闻其声："兄弟，茶水煮好了吗？""当然！竹炉汤沸火初红。"适至而饮。也有性温存文雅者，语盈盈而步款款："兄台，今日又有何种香茗待客？"入室一尝，大叹茶香可口。男女老少，相敬如宾，同聚一屋，颇有"陋室铭"之境。

曾记有一次有亲戚从清远山峡带来几两"溪黄草"茶，状如白枝，其色淡黄，其味香浓，特别是喉底留甘，初尝者皆喊此物特别也。及后，知其真容而兴头渐减，且其酽性令人腹饿比正品"单枞茶"更搜肠刮肚，有过之而无不及，虽知其有药疗而饮者转少，由此故作高深标新立异的草茶自动退出茶壶。

白天客多，夜里也不少；而寒夜客至者，却历历可数。有时遇上夜间停电，点上蜡烛亮出老式炭炉煮茶，其味尤佳，其境也妙。有时饮至夜半肚子饥饿遂一同外出吃宵夜后，再返回继续茶缘。有时饮得兴起而茶叶告缺则以菊花或藿苓等其他代之……

每个人都是花色的

　　印象最深的一次，高中同窗赵洪君某夜住处失火，被熏得灰头黑脸、毛发松耸。夜过半时，此君突然从吾窗口显现，拍叫几声，吾闻声而起，初见此怪物，以为街头大侠，正忖如何打发之际，黑脸大侠高声喊出暗号："老兄，还有茶否？"我回复他说："当然，酽茶以待！寒夜客来茶当酒！今朝当与君一醉方休，不醉不归。"此君应道："醉了也不归，吾家今夜失火矣，请备茶好好为吾压压惊来！"我抚掌大笑，连声称行。此事传开，众友人无不大笑，戏谑赵君，言语茶也有压惊之功。

>>>

家居的快乐，是所有志向的最终目标；是所有事业的劳苦的终点。

——塞·约翰生

第一辑 伤感的传说是一束紫罗兰

夕餐秋菊之落英

> 坐在夕阳西下的秋风里,看白云山头美丽风景,喝菊花茶,听山泉,吸山风,让全身每片肌肤毛孔都尽情放开去享受。

天凉好个秋,秋天盛放的花——"四君子"之一的菊,就在这个季节肆意滋长,万顷盛开。陶渊明采菊东篱下,结庐在人境,而后泡上菊花酒,"且共欢此饮,吾驾不可回"。能带月荷锄归、归园田居,也无风雨也无晴,悠然在秋月下,慢慢品上一杯,一天的劳累也消除了。

菊花非只能酿酒,屈原早就在傍晚时分吃与菊花有关的食品。也不要说只有今人能懂得以花养颜、以花补身,实际上,上古时代就有过薜荔落蕊,品食花蕊、花瓣和花草嫩叶的记载。有关乎西施以花瓣敷容、昭君以花蕊泡茶、黛玉借花酿露,还有武则天和慈禧沐花浴、喝花茶、饮花酒、品花食的故事更是相当的多。

菊花酒我没有尝过。那年秋天,刚刚跟小娅认识不久,她因单位在白云山上开研讨会。我百无聊赖,从山这头游到山那边,最后竟然发觉在山谷里有烧烤档,其中还有美好的用山泉水泡菊花酿制的豆腐脑,自然而然地小憩,向老板娘喊来一小碗。只觉一股淡淡的、清清的、香香的菊花味,直入肺腑。菊花豆腐嫩嫩的,要比我们潮汕的豆腐花还要鲜嫩,还要

每个人都是花色的

　　清香，自然也好吃得多。而菊花茶倒成了配角，因为坐在夕阳西下的秋风里，看白云山头美丽风景，喝菊花茶，听山泉，吸山风，全身每片肌肤毛孔都是最主要的享受者。

　　其实，那一次，软软的、入口即融、清甜留齿、甘香润喉、和胃清脾的菊花糕同样是极为可口的，给人留下了美好的回忆。

对于那些内心充溢快乐的人们而言，所有的过程都是美妙的。

——罗莎琳·德卡斯奥

第一辑　伤感的传说是一束紫罗兰

闲敲棋子落灯花

一个人守着空荡荡的一幢大楼，楼后是黑压压的小山，黑影幢幢加上沙沙作响的小树，给夜晚披上一层凉意。雨有如豆点般疯泻下来，窗"啪啪啪"地响，这样的夜，友人是否前来赴约？

"黄梅时节家家雨，青草池塘处处蛙。有约不来过夜半，闲敲棋子落灯花。"黄梅时节的夜晚，乡村池塘中传来阵阵蛙鸣，诗人约一位朋友来做客，可是等到半夜也没有来，他只好一个人伴着油灯无聊地敲着棋子。这是赵师秀约客未来的一番心境写照。语意亲近而情思遥远，含而不露地表现了作者的落寞心情。

揭东矿山是小县城邻近有名的山，不是很高，但长满小树，密密麻麻的，有幽幽郁郁、清清淡淡的玉兰树，更多的是簇簇相拥的凤凰木，金灿灿的，在盛夏日光下眩目，金色与兰味勾混一处，好看而醉人。

我对矿山有一种奇特的感觉，说不清是惆怅，是欣喜，抑或是亲切，还是疏远。很多年过去了，它的周围，包括它前面的那条小山路，都发生了变化。高楼林立，小山路也变成了宽敞的混凝土大道，只有矿山上的那幢楼房，还有树林，却是雷打的不动。

但物是人非。外公已去世，只给我们留下无限的想念。外公生前当了

每个人都是花色的

一辈子穷书匠，退休后利用专长发挥余热，高屋建瓴搞起工程，建筑队伍拉起来后不外也是替他人做嫁衣裳，我猜测这也是外公回报身边亲朋好友的做法。外公对自己节约，而对别人总是非常慷慨。彼时在这座小矿山上建起一幢 12 层高的新楼，里面的水电全由外公的工程队安装拉配，队友白天干活，夜晚就各自回家，工地之夜恢复了宁静神秘，少不了要人留看，我刚好读高中放暑假，义不容辞就在工地帮着看夜。

一个人守着空荡荡的一幢大楼，楼后是黑压压的小山，黑影幢幢加上沙沙作响的小树，给夜晚披上一层凉意。二楼的一间小房里放着施工的家伙，大厅设着一张桌子，一个木铺，一张席子，一只枕头，一张被单，一个收音机，加上一盏煤油灯，就是全副家当了。我就睡这。

高中同学"老薯"陈敬典、"武佬"曹燕武、"班长"陈建池听说有此等世外桃源，非常心动。因他们所住的渔湖与曲溪只有一江之隔，所以他们常常嚷着要过来看看。我在矿山边的小医院打电话给他们时，个个无比雀跃，约好某晚前来。

偏偏在这一天，天有不测风云，说变就变，下午突然间云卷云舒，山雨欲来风满楼。我拉上窗子，看到对面糖厂楼房的天台上，两名姑娘正在紧张地捆绑着花架，看样子很青春漂亮，我隔着窗子显示出这样的口型："喂，请问要不要帮忙呀？"猛风中只见其中一位姐姐掠了掠发梢，似乎在向我挥手回应："心领啦，不必了。等你过来时，我们早已搞定了。"素昧平生，我也便只能硬下心肠，见忙不帮了。

一转身，打开收音机，果然听到暴雨消息，回头再看看，两位姐姐已不见芳踪，想必下楼了吧。于是点上煤油灯，啃上一两个面包，置外面狂风呼呼于不理，真颇有"江湖夜雨十年灯"的意境了。

随着夜幕降临，雨犹如豆点般疯泻下来，窗"啪啪啪"地响，不知哪来的一股风，把案头那盏煤油灯吹得忽闪忽闪地，险些扑灭。雨就随心所欲地下个痛痛快快，一直到了晚上十一点，才意犹未尽地换成淅淅沥沥的声音，直至慢慢地变小，变小，最后只听到檐下的一两个滴答声，路边小沟的哗哗流水声……

第一辑 伤感的传说是一束紫罗兰

　　打开窗子，外面仍是凉风阵阵，路面全是湿漉漉的水洼一片。没见到一丁半点人影子，也没有听到蛙鸣虫唧。友人必是不来的了。倚在床头，将收音机调到很低，摊开一本书，听潮剧折子戏《薛仁贵回窑》："峰山叠叠，峻岭重重，催马加鞭转回程……"一边敲击着桌子，一边跟着哼唱。手指落处，灯光随着晃动，似乎有灯芯屑掉落。夜已深矣。榕江滔滔，江水相隔的那头，友人是否睡矣？或者也正在望着屋檐雨滴一夜无眠？是否也在遥望江河北岸、矿山小楼上那盏油灯？涛声明灭，树影忽闪。似乎远处阵阵风吹树梢……周围的人儿都已安然入梦，而我却睡意全无。一个人久久地回忆着某些物、某些事，突然间不觉心头一热，福至心灵，不知不觉豪情满怀，喊叫起前人名句："黄梅时节家家雨，青草池塘处处蛙。有约不来过夜半，闲敲棋子落灯花。"

>>>
一个有真正大才能的人会在工作过程中感到最高度的快乐。
——歌德

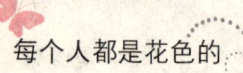

每个人都是花色的

江湖夜雨十年灯

那盏灯儿,宛若豌豆。在山脚下的那间小草屋子里,任外面冷风呼啸,夜雨狂打,它始终亮着,透射出淡淡的昏黄光点,等待风雪夜归人。

午夜听雨,巴山夜话。是秉烛夜谈、剪烛话西窗,抑或是共卧竹席,铁马冰河入梦来?

江湖夜雨十年灯。

风雨飘摇。人生处处有风和雨,即便是一生足不出户,也避免不了精神上的颠簸漂泊。何处不是江湖?人的一辈子,不可能一帆风顺,不可能永远风和日丽。诸多时候,总多了几许无奈、些许感叹。一切总会抛之脑后、渐行渐远,或随着夜半歌声而慢慢遗忘,在寒风冷雨的深夜里,只有一盏灯,为你坚守信念,为你独自支撑生活和精神两个层面的亮光。

残。多少风雨,多少恩怨,却随着那一盏灯,渐渐消散……风风雨雨,相逢一笑,黄庭坚书寄黄几复,就说到"我居北海君南海,寄雁传书谢不能"。所以才少不了叹一句"桃李春风一杯酒,江湖夜雨十年灯","想得读书头已白,隔溪猿哭瘴溪藤";郦道元也会叹一句"巴东三峡巫峡长,猿啼三声泪沾裳",多少往事,只能回味了……但唯有那盏灯,细如豌豆,在山脚下的那间小草屋子里,任外面冷风呼啸,夜雨狂打,它始终亮着,透射出淡淡的昏黄光点,等待风雪夜归人。

生活有时喜欢同人开玩笑,但不管如何,如果能有一种好的心态去迎接挑战,如果能想起普希金的诗"假如生活抛弃了你,朋友,请别悲伤……",如果能背起孟子"故天将降大任于斯人也,必先苦其心志,劳其筋骨，饿其体肤，空乏其身，行拂乱其所为，所以动心忍性，增益其所不能……"那么，还有什么想不开、放不下的呢？

有一位忘年交，擅丹青，书生卷气，偏偏又涉足官场，四个"十年"过去，丑媳妇熬成婆，好不易当到科级干部，已到退休年龄，也看惯人生起伏，厅房横书"江湖夜雨十年灯"七大字，浑圆苍劲，力透纸背，是颇有人生阅历的书法体现。不过个中沧桑嫉俗，人情冷暖，观者自得其解。

有一次在雨夜捧读《随笔》，偏偏是 1994 年第四期（总第 93 期）版，看到里面刘心武《父亲脊背上的痱子》，那浓酽的父爱轻轻灵灵地洋洒在字里行间，总有一种莫言的感动。刘先生称"在这静静的春夜里，我回忆起父亲脊背上的那片痱子，我想到了一个伟大的话题，这个话题常常被我们所忽略，那就是父爱……"这倒使人联想起朱自清的《背影》，于是压卷静思，不料手头所触处，却是登有刘斯奋国画《江湖夜雨十年灯》的封底，画面上那一和尚双手环抱于胸，抵撑下颌，作若有所思状，一只赤足稍露僧衣外，似有凉意袭来，江湖、夜雨、十年灯的意境浑然一体。暗暗喝彩之余，不胜唏嘘，不知刘先生当时看到这里后会作何感想：大概再不会说"江湖夜雨十年灯"乃他梦中所得吧？

一切贤圣皆因无为法而有分别。万涓成水，万朵花开，出发点是相同的，目的地也是一致的，只是百花齐放，各表一枝、独树一帜，最终又是殊途同归。儒家有一个词叫"精一"，一般人都将它理解是精髓统一，是混沌太极，是易经中的太极生两仪，也就是一切事物理的终端。而参读道经，读到"贞一"时，才恍然。原来精一也就是贞一，也就是佛家的三昧……

苏东坡有三首七言绝句恰如其分地体现了参禅前、中、后三种境界："横看成岭侧成峰，远近高低各不同。不识庐山真面目，只缘身在此山中。""庐山烟雨浙江潮，未到千般恨不消。及至归来无一事，庐山烟雨浙江潮。""溪声尽是广长舌，山色无非清净身。夜来八万四千偈，他日如何举似人。"禅是智慧，不立文字、以心印心；直指人心，见性成佛。语言文字、举心动念，本非禅意；扬眉瞬目，搬柴运水，无非禅机。禅是一种思维方式,也是一种生活态度;是无声的、不可说的境界,是拈花微笑的意境。看山似山、看山非山,看山仍是山。郁郁黄花,无非般若;青青翠竹,悉是法身。

人在江湖。江湖在哪里呢?有人的地方,就有江湖。人的心间,也是江湖。入世须有积极行为,出世也绝非独表清高。诚然,短暂的出世,是为了更好地为入世作准备。所谓打铁还须自身硬,工欲善其事,必先利其器。有时暂时的退让回避,便是为了更好地向前和精进……江湖本无险恶,好坏自在人心。十年生死两茫茫,醉情相忘是他乡。当苏东坡还是五戒和尚的时候,动心犯戒,被师兄明悟和尚洞察,羞愧难当,双腿一盘,涅槃坐化投胎去了。明悟和尚怕他下辈子转世会诽谤佛法,也跟着涅槃转世。俩人分别成了苏轼和佛印。开始苏东坡果然醉心功名,不信佛法。好在佛印一心帮他,不离左右苦心劝化点悟,最终才使苏东坡醒悟并潜心修炼。

苏轼,字子瞻,号东坡居士,曾任翰林学士,官至礼部尚书。元祐初年,苏东坡与黄庭坚一起去拜见一位老者。老者一见面就说破苏东坡的前世是五戒和尚,而黄庭坚是一名女子。苏东坡点头不语——他自己何尝不知呢?黄庭坚根本不信,老者说:"你到涪陵时自然会有人告诉你。"黄庭坚更加不以为然,他认为涪陵是官员被贬才会去的地方,自己怎么会去呢?不料,后来还真被贬到了涪陵。有好多次,他在午睡的时候,总是梦见一位老婆婆在喊他快去吃面,隐隐约约中,他也觉得跟这位婆婆似曾相识。后来,他按梦中所引不知不觉地寻到了那个地方,就是山村郊外的一间草屋——果然有一位老婆婆在门口摆桌祭她的英年早逝的女儿,黄庭坚一看,三碗面条热呵呵的也是自己心头至爱。更让他惊倒的是,当老婆婆从她女儿的闺房里端出一只箱子——黄庭坚接过手打开来一看,里面满满的一箱诗作,竟然跟他今生所写的内容一样。黄庭坚的名句是:书到今生读已迟!

其实,苏东坡多次在自己的诗文中提到自己的前世,如《南华寺》:"我本修行人,三世积精炼。中间一念失,受此百年谴。"又如《和吴子野(吴复古)见寄三绝句:过旧游》:"前生我已到杭州,到处长如今日游"。

最妙的是元丰七年四月间，苏轼未抵达筠州前，云庵和尚、苏辙与圣寿寺的和尚三人不约而同地梦见一起去迎接五戒和尚。苏辙抚掌大笑："世上还真有三人做着同样的梦！真是怪事！"当苏东坡到了奉新时，三人果真一路小跑赶到城外二十里处去等苏轼。大家提及做梦的事儿，苏东坡也若有所思："我八九岁时，也曾梦见我的前世是僧人，往来于陕右之间。另外，我母亲在怀孕时，曾梦到一僧人来托宿，僧人风姿挺秀，只是一只眼睛失明。"云庵和尚惊呼一声："没错！五戒和尚原是陕右人，一只眼失明。晚年时游历高安，犯了戒律，在大愚过世。"大家一算，此事过去五十年，而苏轼正好四十九岁。苏轼后来笑着对云庵和尚说："五戒和尚不怕人笑话，厚着脸皮又出来了。真是可笑啊！但既然是佛法机缘，我就痛加磨砺，希望将来可以回到原来的地方（这"原来的地方"指的是什么?）这就不胜荣幸了！"

苏学士与佛印的公案典故也很特别，每次交锋，佛印总是技高一筹。其实这也正是佛印禅师苦口婆心地因材施教、点化苏东坡。苏轼写一诗偈："稽首天中天，毫光放大千。八风吹不动，端坐紫金莲。"命书童坐船从江北瓜州送到金山寺呈给佛印禅师指正。苏东坡沾沾自喜，心想我写出如此高水平的文章，看你如何赞美我？八风，指赞、讥、毁、誉、利、衰、苦、乐——四顺四逆共八种境界的风，能吹动人们的身心。当我们逢到顺境、有人赞扬你给你随心所欲或者遇到顺适安乐的环境的时候，你就感到快乐；当我们遇到逆境、给你冷嘲热讽、厌恶讥嫌或者无中生有诽谤你或者你身心遭受到烦恼侵害时，你就感到苦恼惆怅。人若为"赞誉"陶醉心，人的品格修养就在称誉里损伤；若为"讥毁"动怒，人的成就就会败在讥毁其中；若是为"利乐"所迷，人的尊严就会为利乐葬送；若是为"衰苦"所扰，人就会为衰苦打倒。这八种风实在不容易禁受啊！当然，如果你能经受得住这八种可怕的境界，若能不动，精进禅定心不为外界所转、反而能转外境，你就有资格端坐紫金莲了。

佛印看毕，随手回了一个字，"屁"，权当评语。哇！苏东坡气不打一处来，怒匆匆地坐船过去找佛印理论。不料，僧门紧闭，门上只铁二局：

"八风吹不动，一屁打过江。"原来佛印早有先见之明。你苏东坡说得好听，什么八风吹不动，经不起我一个激，就跑过江来了。

　　有一天，苏东坡曾跟佛印开玩笑，说："古代诗人常将'僧'字与'鸟'字入诗相对。举例说吧，'时闻啄木鸟，疑是叩门僧'，还有'鸟宿池边树，僧敲月下门'。我颇佩服古人以'僧'对'鸟'的聪慧。"佛印立即说："这就是我为何以'僧'的身份与汝相对而坐的理由了。"还有另一个小故事，因为苏东坡每次总是输得极不服气，他来到正在禅坐的佛印面前，说："咱们来评一评，看看各自眼里的对方是什么东西。"佛印早已知道苏轼的小九九，他微微一笑，说："好吧？谁先说？"苏东坡故作大度地说："你先说吧！你说你看我是什么？"佛印说："我看居士你是佛。"苏东坡嘻嘻笑道："我看禅师你是狗屎。"回到家中，还以为自己占了口头便宜。不料，苏小妹却说："你又输了！和尚的心中只有佛，因此视众生皆是佛；可是你呢？你心里只有肮脏的东西……"苏东坡当下羞愧无比。

　　与苏东坡同朝的另一个高人欧阳修，字永叔，号醉翁、六一居士。什么叫六一呢？他自己说，藏书一万卷（带不去），集古录一千卷（非己有），琴一张（没摔坏），棋一局（没下完），还有一个老头（在其中）。欧阳修早年偶得《昌黎先生文集》，倾心于韩文公古文，却又未能真正领悟韩愈晚年的精神精髓，因此排佛谤僧思想十分严重。好在他晚年机缘成熟，亦如韩愈，得遇高僧。欧阳修遇到的是契嵩禅师。机锋对话："禅师在此多长时间了？""很长时间了。""何以能如此，且得预知未来呢？""是定慧的力。""可是现在有定慧，临终的时候散乱怎么办？""定慧的人，临终又怎会散乱？散乱的人，临终又怎会定慧？"在恰切的时间和特定的空间，他醒悟了，而且还有了赞佛偈、忏悔偈。欧阳修自叹一句："吾连佛经中只有二百六十字的《心经》都未明义理，何敢妄谈佛法乎？"自此皈依三宝，号六一居士。

　　佛法不离世间觉。过去心不可得。现在心不可得。未来心不可得。人在社会，就是身在江湖，有得有失，有爱有恨，有喜怒哀乐，有悲欢离合，几经风雨，方见彩虹，留得残荷听雨声。

第二辑

怀念如是洁白的雪花

雪花空中舞，曼妙无双，活在别人眼中的雪花却是个冷暖无常的千面女郎，或静若处子，或动若脱兔，或轻盈优雅，或放荡不拘。滋润大地的雪无怨无悔地随着凛冽的寒风从天上来，被人赞美被小麦苗儿感激，因为他知道那是他的使命！

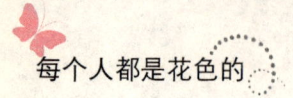

怀念祖母

我不知奶奶是否一直在等着；我也想象不出老人在等不到我们之后是怀着怎样无奈、失落的心情慢慢踱回那间灰暗、低矮的小屋的。

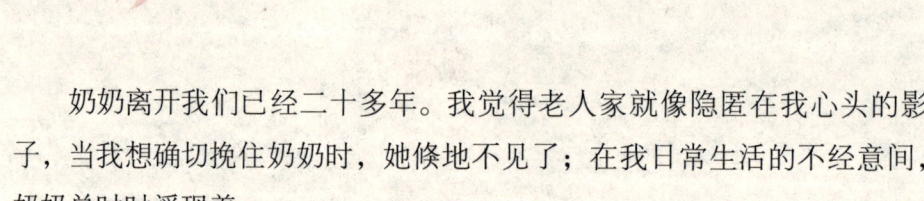

奶奶离开我们已经二十多年。我觉得老人家就像隐匿在我心头的影子，当我想确切挽住奶奶时，她倏地不见了；在我日常生活的不经意间，奶奶总时时浮现着。

我一直在学着控制自己的悲痛，可是几次下笔的时候，刚刚写了个开头就再也写不下去。我老是梦见祖母，多年前到深圳打工时，更是常常梦见她，有一次竟然看到她全身湿透地站在我身边跟我说话，大约讲她放心不下赶过来看看我之类的，我心情非常复杂，又难过又激动，责怪她不该跑那么远，如果迷路了怎么办？奶奶没说什么，只是看着我慢吞吞地后退，最终渐行渐远，离我而去。我追过去想留住她，却被跌了一跤，醒来枕边全湿了。

奶奶是在我读初中二年级那年去世的。那是刚刚开学第三天，忽然接到邻居一位阿姨打来的一个电话，请学校的传达室转告我，说奶奶死了。我急了，书都来不及拿，跟同学说家里头有事，赶到停车场推着自行车就想走。不料在车棚口被班主任拦住了，刚刚毕业既年轻又漂亮的女班主任

第二辑 怀念如是洁白的雪花

老师问我什么事？我说家里有事。老师不让走，说按校规你得给我张请假单等我批准了你才能走呀。我年少轻狂，当场向她要过纸笔大书："因人故，特请假"六个字抛到她手里，扬长而去。一路狂奔，我只有一个念头，想再见奶奶一面。我把单车骑得飞快，满头大汗，风在我耳边呼呼地叫，公路、树木、房屋一却直往我身后退，我想着我要真有这功能那该多好，我好让时间也跟着往回退。我噙着泪水拼命地往家乡赶，道路两旁的人怪怪地看着我，我还记得听到有个老伯说我飙车飙得这么快，简直是不要命了。我直笑。生命是如此之渺小，奶奶说走就走。如果可以，我倒愿意折我自己几年生命，来延续我奶奶的寿命。

奶奶走了，我终未能见上她最后一面。我听堂兄他们说，奶奶临终前，一直在念叨着我的乳名。我咧了咧嘴，干涸的喉咙快要冒烟，想挤出一点笑容都觉得很为难。我一直警告自己要学会坚强，我告诫自己不能滴一滴泪。送葬的一路我做到了，可是一回来，把自己关在屋子里，马上就哭成一个泪人。我把拳头放进嘴里咬住，好让自己别哭得死去活来、弄出声响来。

很小时，我就离开奶奶跟父母到 20 公里外的城里读书生活，环境的变换却无法改变我骨子里对乡村的眷恋。每周末一有空我就会同爸爸妈妈一块回家乡。印象中奶奶总会在村口等我们，接到后很开心地和我们一起回屋。有时有事我们不能保证每个周末都回去，我不知奶奶是否一直在等着；我也想象不出老人在等不到我们之后是怀着怎样无奈、失落的心情慢慢踱回那间灰暗、低矮的小屋的。

每年放寒暑假我都回老家，跟奶奶住在一起。乡村的夜静得快，可孩子们游戏的花样也多，每次不玩到三更半夜大伙儿是不会回家的。我脑子里最深的一幕是在萧瑟而清冷的冬夜里，我们玩"走棋子""兵抓将""扛军旗"、捉迷藏、抓"特务"……玩得月亮西移还不解瘾。小伙伴们被一个一个地喊回家，最后剩下两三个贪玩的还不肯走，大人们甚至用打骂、闩门不让进屋等惩罚的方式，但还是有无畏者，我也算其中最"顽固"者之一。奶奶嚷了我几十遍，到最后口干舌渴地跑回去喝点水，之后

每个人都是花色的

又跑过来继续喊叫我回去睡觉。玩兴正浓的我哪会顾得上许多？直到觉得玩够了，大家约好明晚再来，才懒洋洋地回家。奶奶在前头唠唠叨叨，含糊不清地嘟囔着，我却极不耐烦了，嫌奶奶过于啰唆，把一晚美丽圣洁的月光全吵掉了。

祖孙俩在皎洁的月光下一同回到了屋子，奶奶也不气了，很快打来温水帮我擦洗手脚，拍着我的屁股叫我爬进被窝里暖着。奶奶跟我说："你玩归玩，早点回来不行吗？"我就跟奶奶商量："以后我早点回屋，奶奶你也别再跑到晒谷场骂我喊我啊。"可第二天晚上同样很晚才回来，奶奶总是忍不住骂了我："你是贱骨头呀，这么冷的天，打死狗都不肯出门呢。"奶奶骂归骂，却掀开被子，把我裹在怀里，用她的体温驱除我的寒气。

冬天容易入睡，可有时刚刚睡酣，有人来喊门了。奶奶当过村里的接生员，年纪大了不干了，可村里人就认定她，还是非请她去不可，奶奶常常是二话没说爬起来就跟人家走，留下我躲在被子里对着那阵从刚刚打开过的木门小偷一样溜进来的冷飕飕的寒风一个劲地嚷："好冷，你们还让不让睡呀？"这时，窗外的月光探照进来，我心里慢慢踏实了。我想着有月光作伴，奶奶也会很快回来呀。

夏夜又闷又热，很难入眠，要命的是奶奶她打鼾，我烦，捂着耳朵翻来覆去睡不着，我就把奶奶叫醒，粗鲁地跟奶奶说，你又打呼噜了，几十辆发动机响，我睡不着。奶奶讷讷地、有点含糊不清地说，是吧，我又打呼噜了？她就醒着，给我赶蚊子，帮我扇凉，一直等到我睡去。

月光伴我度过快乐的童年。1990年洪水过后，88岁高龄的奶奶拄着拐杖正把屋前堵塞的小水沟捅好，一个小孩蹦蹦跳跳地走过来，不小心摔倒了，奶奶扔掉拐杖就跨过去抱起他，一个溜滑跌得手脚朝天。奶奶跌伤了。奶奶的腰椎骨折断了。问过中医请来西医都不见好转，伤口反而化脓溃烂了。

整个寒假我哪也没去，一直待在奶奶身边，喂她吃药喝粥，奶奶的胃口倒是很好，只是不能下床。躺久了，我或和堂兄、伯父就为她翻一次身。有一夜，奶奶发高烧了，伯父在听潮剧，我在一旁冲茶，奶奶突然叫喊起来，她叫着伯父的小名，骂他为什么要打她？我凑近前去，牵起奶奶的手，低低声地呼着奶奶："阿嬷，你醒醒！"奶奶没理会我，继续说着胡话。一抹月光透过窗台淡淡地射在奶奶苍白的脸上，奶奶消瘦了。我想陪奶奶说说话，甚至想再听她打着呼噜的发动机声；想再让她骂骂我是"贱骨头"之类的话语。可是奶奶却不知在乱讲什么，眼睛也不睁开，把一晚美丽圣洁的月光全浪费了。

奶奶挨到了 1991 年 3 月 20 日，在我刚刚升上初中二年级时，死了。这一日正是农历正月二十日，冷雨淅淅地下着，阴云满天，月光全碎了，我怎么寻，也寻不见。

所有快乐中最伟大的快乐存在于对真理的沉思之中。

——阿奎那

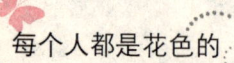

每个人都是花色的

一根稻草

铁凝说：却原来，草是可以代替真金的，真金却实在代替不了草。精密天平可以称出一只真金戒指的分量，可是，哪里又有能够称出草戒指真正分量的衡具呢？

一根稻草的分量是很轻的，轻得让人不注意它的斤两。有时，午夜梦回，它变成鸿毛，虚虚缈缈地上升，飘扬到天上，如白云，空幻而迷蒙，轻灵而圣洁。但我无法忘记。外公手里的那根稻草，如高山一样，在我心上。

我想，如果外公的灵魂可以比作是蓝天下那朵白云的话，那么，外公的心怀，一定是那蓝蓝而广阔的天。尽管他离开我们已经多年。而这些年来，妈妈、姨母仍不时在我和表弟表妹们的面前提起外公，有时说着说着眼眶就潮湿了。我往往无言以对。

有一件事我听妈妈讲过好多回了。妈妈说："外公很疼爱我们。他在学校教书，只有周末才能回家。有一次，外公给我们带来了一个布娃娃——那是二姨梦寐以求的礼物，是外公亲手缝制的。妈和姨妈都争着要，二姨争不过，哭了。外公本来想好好休息一下，见妈妈抱住布娃娃不放，就对妈妈说：'作为大姐，应该把玩具让给弟妹先，不能为了自己的喜爱而去欺负妹妹呀……'我怎么也听不进去，只是觉得外公偏心，众多兄弟姐妹中，凭什么只有二妹有礼物？我大声嚷：'不，我不，就不！'二姨在一旁啼哭，外公忽然语气变得严厉起来，他责令妈将布娃娃让给你姨。这时我更觉得外公偏心了，一下子把布娃娃扔在地上，泪水在眼眶里打滚，嘴里嘀咕着：'给就给，才不稀罕这破东西呢！'……后来妈妈才知道，这个布娃娃还是你外公利用午休时间赶到县城买来布料缝做起来的呢——当然，还有其他造型可爱的娃娃在后续赶制中。只是外公心疼我们，想先给大家一个惊喜……"

"那是我唯一一次看见外公发火。他铁青着脸站起来。这时，连二姨都停住哭泣，赶过来扯着我的衣角说：'大姐，爸爸生气了，你快向爸爸说，我们再也不敢了，请爸爸原谅吧……'外公听了你二姨的话，笑了起来，说：'还是二妹懂事。你这个当姐姐的，落后了。不过，爸爸还是要惩罚你的！'说完，他转身走到门板后，从灶炉边捞来一样东西，放在身后、背着手向我走来……你说，平时煮饭烧草用来捅炉灶的铁条就搁在那儿。妈这下子吓坏了，慌得哇哇直哭。外公呢，笑呵呵地说：'太迟了！把手伸出来，今天一定要惩罚你，给你深刻的教训……'妈不敢违抗，乖乖把手伸了出去。这时，外公把他放在身后的那只手高高举起，对着我的手心，从半空中用力狠狠地打下——当时我和你二姨都惊住了，那是什么？孩子，你知道么？那是……那竟然是一根稻草啊！"

母亲说，如若外公用的真的是铁条的话，那么或许她早已忘记。可是……母亲说不下去了。

我当然能够理解。这就是一根稻草的力量。

外婆对外公的离去倒是看得很开。她慈祥的脸上总有淡定的笑容，使人想起了秋日的菊。外婆是幸福的。外婆的父母跟外公的父母是至交，外婆的父母常常从榕江南岸的潮阳坐渡船到北岸的炮台镇上集市，然后总会到外公的父母开设在炮台镇集市的秋刀鱼店歇歇脚、喝茶聊天。后来不知怎么的，就把非常聪慧秀丽的女儿许配给了一表人才斯文儒雅的外公。

外公的父亲曾要把鱼铺的经营权给外公，但是外公不答应。外公当上教师后，不管在家在校，总是喜欢捣鼓一些东西，农用器具不用说，手表、收音机都很拿手，外公有一套专门修理手表的工具，据说给了现在同样当教师的大舅。村里第一台收音机是外公自己动手组装起来的，差不多有21吋电视机那么大。唬得村里的婆婆妈妈们奔走相告，说外公制造出一件说会话的怪物，不知是用的什么法术，竟然能够把人装到小小的空间里去？揭阳县城举办的全县大游行活动，外公指导他学生一起动手做的用声控灯光的"毛主席万岁"牌匾闪闪发亮，还会唱出"东方红，太阳升……"一时万人空巷，全城欢腾。外公还喜欢做戏服，设计舞台灯光、配景。令人叫绝的是，外公还可以客串演出男小生和老生角色。

外婆跟我提起这些往事，总是满脸幸福的笑容。所以，我理解当外公弥留之际，竟然外婆能够瞒着外公，装作她根本不知道外公的病情一样，仍然跟外公有说有笑。我也看得出，外公愿意配合外婆，同样瞒着外婆，用他纯真的笑脸回告外婆，他会继续陪伴外婆，风风雨雨再走一程。所以，我理解，外婆在外公离开20年后的今天，年近90岁的她告诉我，昨晚又梦见你外公啦……我心中一酸，竟然还不如外婆洒脱。我强忍酸楚，挤出笑容问外婆，说，外婆，那么，你梦见外公，他老人家对你怎么说？是啊，外公会怎么说呢？

外婆笑呵呵地说，你外公还是那副老样子，诙谐地说，喂，你可别再乱跑了呀！费事到时我来找你，你不在！——八十多岁高龄的外婆，还喜欢四处走走，所以，外公就在梦中对外婆说，你别再四处乱跑了啊——竟然还有下一句，这才是最重要的——免得到时我来找你，你不在！这大概就是外祖父与外婆上辈子相约好了的吧。外婆灿烂如菊的笑容令我心头一颤。

我清楚地记得，外公离开人世的时候，在1997年的农历十二月十日下午4时左右。那时的我却没有守在他老人家的身边，这也许是天意注定的。因为那时候我的广州的一位友人要来揭阳看我，我和妹妹在打扫屋子，并且还买来白色涂料自己进行粉刷。当天上午9时许，准备粉墙壁的时候，突然接到爸爸从榕城北门外公家打来的电话，说让我立即赶过去。

当我到达北门时，大家正欲送外公回家乡南潮村。我也跟着坐车回去，但是中午的时候，觉得外公精神状态颇好，我也没多想，就坐车返回榕城。可是，下午的时候，接到电话，说外公这一次真的走了……外公走得很安详。现在回过头想想，大概外公也预知自己去世的时日，颇有叶落归根的意思。当外公刚刚送达故乡屋里的时候，竟然回光返照，还开口要吃莲籽白银耳汤，使身边的亲人都以为他好转起来了……

大凡美好而神圣的东西，总是令人们朝思暮想，并且理想化甚至神化为一种精神寄托。外公曾在揭阳县教育局、一中、榕江、地都、登岗、云路中学任职、任教。熟知外公的父老乡亲们，总是一个劲儿地夸外公的为人处世。一位老伯说，外公热心公益事业，在乡里更是急人所急，乐于助人。外公的一名学生曾说过："事实上，吴诗安老师对待他的学生，也是如同对待自己的儿女一样疼爱的。吴老师不仅传授给我们知识，更教给我们做人的道理。"外公当了一辈子穷书匠，一生中兢兢业业，勤勤恳恳，也毫不懈怠地贡献出他的专长。"春蚕到死丝方尽，蜡烛成灰泪始干"。他与他遍布天下的学生情同父子（女）、与在各行各业学有所成的子弟们结下了深厚的感情。去世的时候，那么多的学生来为他送行。竟然还有来不及的，拍来电报，远在他乡，跪下痛哭！村里那几名年纪最大的老者，也颤巍巍地拄着拐杖或让人搀扶着赶来了……长长的送殡队伍，白晃晃的人群，久久的哀恸。这一些，都让我感动莫名，没有来由的直想哭。

铁凝说：却原来，草是可以代替真金的，真金却实在代替不了草。精密天平可以称出一只真金戒指的分量，可是，哪里又有能够称出草戒指真正分量的衡具呢？……（草）它可以代替着最美丽的鲜花，你只觉得眼前的一切更神圣，但是，这世上实在没有一种东西能够来代替草了。

这就是一根稻草的力量。是的，外公留给我们的这一根稻草，的确没有什么东西可以代替。

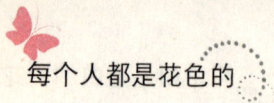

每个人都是花色的

如菊笑容

我站在一个小角落里,悄悄地望着外婆,心头暖暖的。又看见慈爱的外婆,脸上绽放出像菊花一样的美丽笑容。

　　记得小时候,我总喜欢缠着大人带我前往外婆家。外婆有一手好厨艺。每次总能变戏法似的将一盘盘美食摆放在我们面前:有甜滋滋的烙麦饼,有香喷喷的秋瓜烙、蚵仔烙,有热腾腾的蛋炒饭,有美味香辣鱼仔丝,最不济的,还有外婆亲手做的白糖锅巴、咸香麦米花……那真是童年难忘的美味。外婆特别疼爱我们,看着我们这群小馋虫,总是笑呵呵的。

　　那时,外婆住的只是普通的农村小屋而已,而筑造在小屋门口的那一个小厨房,是外婆一显身手、变出美食的舞台。听妈妈说,更早的时候,外公一家10口,全部挤在一间旧房子里,卧床不够睡,就打地铺;地铺太挤,就搭一个简单的小阁楼……家门口圈一个小木栅,又养鸡又养猪。最初的厨房是用泥土垒造起来的,垒在家门口,旁边是猪圈、柴杆堆,乱哄哄的,破陋又不卫生。厨房里最占空间的就是灶台,很简易,用红砖块堆砌而成,煮饭、烧水、煮猪食全靠它。燃料是干稻草,偶尔能烧上些柴块和树枝。外婆常常梦想着,要是能够拥有一间新房子,宽敞明亮的厅房,卫生清洁的厨房,该多好呀!外婆向往着美好的日子,脸上露出灿烂的笑容。

那时外婆家的厨房,虽简陋却充满了温馨和真情,隐约出现在我童年的梦乡中……

八十年代,我在家乡读书,一放学就跑到外婆家去,远远地就叫嚷着让外婆赶紧开火,给她的外孙煮面条、炒蛋饭……那时外婆家的厨房是用水泥、砖头新建造的,很鲜亮,厨房里也换上了煤窝炉子,这在村子中也算是比较阔气的了。在外地教书的外公,常常在周日帮外婆捏制煤球。外婆可以腾出手来做其他家务活了,但是煤球燃烧后产生的毒气常常呛得外婆咳嗽、流泪不止。外公感叹着说,将来有条件了,一定要换上煤气炉具,让外婆过得幸福的生活。外婆听了,笑眯眯的,笑容里洋溢着无比的幸福。

九十年代中期,当我在外地念书放假回来,坐火车回到外婆家里时,眼前一亮:外婆家里所使用的,全是名牌家电。外婆的厨房里也用上了石油气和煤气炉具。有了好的"硬件",外婆烹煮煎炒无不得心应手,那一道道"色香味"皆佳的美味佳肴在外婆的精心制作下"应运而生",令人眼花缭乱、垂涎三尺。在厨房里忙活了一大辈子的外婆,过上了外公心里一直追寻的所谓的"幸福生活"。看着目瞪口呆的我,外婆露出了得意的笑容。

如今,三十几载过去了。年近九十岁高龄的外婆,一个个美好的梦想都实现了……望着膝下满堂的儿孙,一会儿这个喊曾奶奶,一会儿那个争太婆婆,外婆开心不已,总是乐呵呵地应着。我偶尔也会带上自己的小孩子,会合表弟妹们,一块儿回到外婆家去,或围在一起包包饺子,或吵嚷着要尝尝外婆做的家乡特色菜。外婆的儿女都有各自的家庭和事业,大家也经常约好一起回来看看外婆。不过,大多的时候,外婆总是静静地坐在客厅里泡茶、听曲,用的是大舅从桑浦山上载来的山泉水,泡的是姨丈专门托人从山里带来的炒茶,用的还是细母舅从宜兴捎来的紫砂茶具。

外婆很享受晚年生活。有时,外婆跟我们闲聊唠叨之时,偶尔也会露出一丝丝遗憾与惋惜,她讷讷地感叹,如果外公能陪她一起去看夕阳,或

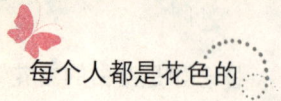

每个人都是花色的

者两人一块儿坐在葡萄架下喝茶聊天,那是多么令人向往的事情。可惜,外公在多年前已经离去。这个时候,三四个曾孙子总喜欢围在她老人家身边,缠着她讲故事、做游戏……外婆老了,挂在嘴边的一句话是:顺顺,内外平安……我站在一个小角落里,悄悄地望着外婆,心头暖暖的。只见慈爱的外婆,脸上绽放出像菊花一样的美丽笑容。

所谓的快乐,是指身体的无痛苦和灵魂的无纷扰。
——伊壁鸠鲁

仁者乐寿

清茶、书画、弦乐,是老人家三大爱好;乐观、豁达、开朗,是老人家长寿的秘诀。

揭东炮台镇(现属空港经济区)南潮村有一位老人,名叫吴礼祥,今年95岁。老人稍微耳背,而身体骨骼仍然康健,还能踩着一辆三轮自行车上集市买菜。老人家性行乐观、开朗,闲时爱听潮曲、爱喝功夫茶,喜拉二胡;难能可贵的是,老人家写得一手好字,画得一手好画。

吴礼祥老人称,他7岁入私塾读书,自小对绘画就有一种与生俱来的喜好。8岁时,他见到乡里一名叫吴延山的老人在画一幅山水画,便好奇地近前观看。老人见吴礼祥左瞧右望,就半开玩笑半认真对他说:"小鬼头,你看什么?你看得懂么?"吴礼祥嘻嘻笑,说:"这幅画,好是好,就是有点美中不足。"老人惊讶对他说:"咦,哪里不足,你倒说说看。"吴礼祥用手一指,斗胆点出山水画中一处败笔,对老人说:"老叔,我认为这一处不应该这样画,不知对不对,请您原谅我乱讲。"吴延山老人大为赞叹,称"小小年纪,能有如此见识,真是难得"。自此,老人私下大加指点,每天一有空闲,便喊礼祥前来:"来,给老叔打底稿!"吴礼祥便按老人要求认认真真画好底稿,这对吴礼祥来说,就是"临摹写生"的第一步,也是学习的好机会。

每个人都是花色的

14岁时，吴礼祥就辍学出来帮工，为家庭分担一份重任。白天劳动，晚上就在油灯下学素描。社会的实践为他贴近生活的画作打下了根蒂。在田头劳动的时候，他常常不忘对周围的一草一木、一牛一鹅进行细心的观察揣摩，远处的青山、空中的白云，都是他学习绘画的对象。

50年代初期，吴礼祥欣闻儿子就读的学校来了一位好老师，他备上一份薄礼，带上自己的一小部分画作，在儿子的引见下，来到学校访问这位老师。老师见了吴礼祥的画作，颇为钦佩，敞开心扉，以互相学习交流的态度，给吴礼祥指出画中微疵。俩人越谈越投机。一直聊到夜深了，发觉孩子早已伏在桌上睡去时，才依依道别。此后，在这名老师的引荐介绍下，吴礼祥又认识了几位画坛师友，大家一有空闲，就相聚一起互相交流切磋，这也使吴礼祥的画技得到神速进展。

据老人家回忆，有一次，老师看到他在田头给几个愣头小子画像时，打趣他说："你不要画青年，很难画，就算画得再好，恐怕也有被人嫌来嫌去，还是画老头子好！"旁边的人问老师为何，老师笑称："青年人如日中天，血气方刚，拳头硬嘛（其实是变化大）"。吴礼祥老人跟笔者说到这里，呵呵直笑。他口里所尊称的那位老师，就是著名画家、揭阳画院院长卓素铭令尊大人卓哲生（卓颠）先生。

清茶、书画、弦乐，是老人家三大爱好；乐观、豁达、开朗，是老人家长寿的秘诀。走进吴礼祥老人的小屋子，迎面入眼的是正中央挂着的那一幅出自他笔下的"精国报国（岳母刺字）"人物画，两侧是书法"乐观可长寿，书画能延年"。这，也是老人家的写照吧。人间正道是沧桑。老人已走过90多个春秋，但在他的记忆里，过去的一切历历在目，但老人家却笑称看惯云卷云舒，"一切有为法，如梦幻泡影，如露亦如电，应作如是观"。与老人家交谈的短短一个钟头里，老人乐观、健谈的风格感染着笔者。老人站着打开他珍藏的一大箱子人物画、山水画，一站就是二三十分钟，依然神采奕奕，一点都不显老。

老人的书法藏露兼顾，轻俊飘逸，洒脱豪迈，虽谈不上炉火纯青，但也已有返璞归真的意思。看吴礼祥老人的人物画，下笔如有神，像《李白醉酒》《苏武牧羊》《文公冻雪》等，寥寥几笔勾画出生动的古代人物，淡淡的着墨巧藏着人生的几许无奈、荒凉。尤其是笔下每一个人物的头发、白须，轻飘细腻，吴带当风；加之人物的眼神与衬托的旁体，呼之欲出，如痴如醉，可邀对弈。或许，透过每一幅画面的背后，读者可以体味得更深更远……书画名人蔡春鹤、蔡胡生、王映秋，揭东县炮台文化站原站长谢俊松等，都给过老人很高评价。对此，老人却不愿透露一二，在这位朴实、平凡、乐寿的老人眼里，见过太多的人世沧桑，心境十分平静。精进、禅定，无所住而生其心，一即一切，释然。

吴礼祥老人，小名吴映瑞。参加过"揭东迎春书画联展""庆'七一'首届书画摄影精品展""揭东纪念中国共产党成立86周年、长征胜利70周年书画摄影展"。潮汕文人有诗赞曰："吴宗渤海树家声，礼让三贤续史新。祥地人文红日冉，余晖更爱照丹青。"正是：莫道桑榆晚，为霞尚满天；人生七十古来稀，比起彭祖还少年。

补记：2011年11月19日（农历辛卯年十月廿四日），96岁高龄的吴礼祥老人骑鹤西去。

人生真正的快乐，在于能对一个事业有所贡献，而自己认识到这是个伟大的事业。

——萧伯纳

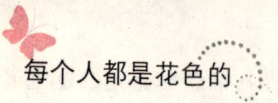

吾师杰辉

师虽教龄渐长,而颜貌不改,风采依旧。某日于市区街头偶遇,惊叹问好之余,戏称之曰:"长江后浪追前浪,师之渊博知识令人高山仰止,惟外貌一物,弟子吾能追超吾师矣!"

吾师林杰辉,品行高洁,性素雅清淡,如幽谷芝兰,似傲骨蜡梅,同高风翠竹,是艳丽金菊。先生自80年代初于韩山师大毕业以来,执教于今卅载矣。师执尺讲台,桃李天下。课堂婉婉道来,言传身教,令学生过目不忘;台下亦师亦友,谈古论今,使同学倍感亲切。

吾于1992年投读于林杰辉老师门下,又蒙黄志禄、谢礼熏、吴文亮、林丽娜等众位国文老师及班主任陈拱明、林玉君、林树明,化学科任老师郑树颛等诸多位恩师教诲指导,师恩深厚,于今无成难以报一二,令吾众弟子惶恐羞愧。

曾忆高中一年级开学典礼之上,温文儒雅的林杰辉老师,以校领导身份立主席台中央,左手扶扶眼镜,右手捏握话筒,红光溢彩,神采奕奕,薄薄的镜片后面是闪烁着智慧光芒的双眼,这位睿智的师长,以其锐利的眼光、渊博的学识,用其婉婉动听的语调,情真意切、款款动人、抑扬顿挫、字正腔圆地说道:"亲爱的同学们,尊敬的老师们,大家好!在这乍暖还寒的季节里,请大家切切别忘了多添件衣服!老师们,同学们,咱们的学校,一向以人为本,处处体现了人文关怀……在这里,充满良好的学习氛围。师生乐融融,学校就是一个大家庭!同学们,老师们,让我们一起为明天加油和喝彩吧!让我们为自己身为学校的一份子而感到无比的骄傲和自豪吧……"

林杰辉老师是我高二年级的语文教师。他,对待学生循循善诱悉心栽培,与教职员工相亲相敬,深受全体师生爱戴。林老师对我们调皮捣蛋不守课堂纪律的嬉闹总是宽容一笑,擅长用他渊博的知识和婉转动听的语言牵引我们遨游在书本的海洋里。林老师教学很有技巧,讲究方式,深入浅出,吸引同学们认真听讲,使我们如沐甘露,如钝器逢于良匠,同拙石遇于巧工。老师待学生不厌其烦,善于从同学身上发现亮点,加以精雕细刻,多番点拨;我辈虽顽愚难驯,最终在林杰辉老师等众多良师苦心孤诣耐心教诲下,浪子回头修身养性刻苦用心。我和健池群波敬典等同学在林老师的点拨和发掘下,也屡有习作见报,特别是我诸篇习作中《中国文字》一文,经林杰辉老师指导,得以参加"全国中学生首届作文竞赛"获奖,入选学生作文选……此后,我和其他多位同学习作兴趣更浓,自觉读书的行为愈更踊跃,众师也为吾喜,每每言谈,无不再三鼓励劝勉也。

时,高三毕业,吾等同学念及前途迷渺、各奔东西,更再难承师尊鞭下听诲,无不伤感语塞。我也黯然神伤,手捧《毕业留言》一册敬请杰辉师题示,师欣然:"文学是一个高傲的姑娘,你既然选择了追求她,就应该做到孜孜不倦,不达目的不罢休。做文人,就要耐得住寂寞。"壮哉!诚如斯言!做人况且须耐得住寂寞,何况做文人乎?《易》之乾卦且曰天行健君子以自强不息,坤卦曰地势坤君子以厚德载物。亚圣孟子也有言曰:"故天将降大任于斯人也,必先苦其心志,劳其筋骨,饿其体肤,行拂乱其所为,所以动心忍性,增益其所不能……"师之言乃震耳欲聋,吾辈受益终身。

师,林杰辉,戴近视眼镜,俨然夫子模样,曾于吾等众学生毕业后转教邱金元纪念中学、第二中学、第一中学,任校长领导;也曾幕后绸缪,

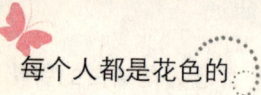

每个人都是花色的

担任教育局要职,从前台亲授知识,至幕后设题考审,游刃有余,大家风范。师深诸于《四书五经》之道,我曾疑老师独得《黄帝内经》之妙,学者风度,容光焕发,笑容可掬;稳重凝练,学识益精。虽教龄渐长,而更喜颜貌不改,风采依旧。我某日于市区街头偶遇老师,惊叹问好之后,戏称之曰:"长江后浪追前浪,师之渊博知识令人高山仰止,惟外貌一物,弟子吾能追超吾师矣!"时,林杰辉老师呵呵一乐,笑而对曰:"你这调皮小子,还是昔日嘻哈模样……"吾也能以得师之谬奖而沾沾自喜。公元2004年12月8日夜记。

人生最大的快乐不在于占有什么,而在于追求什么的过程中。

——班庭

第二辑 怀念如是洁白的雪花

红衣表姐

说来也怪,那天下午,当我不小心把泥巴溅到这名红衣女孩身上时,就有了一种强烈的感觉——内心的后怕比平日干过任何坏事都要强烈,同时还夹杂着另一种难以言明的感受,我并不知道那其实就是"血浓于水"的自然反应。

我把泥巴狠狠一掷,"啪"地开花,泥点四处乱溅。一看正中墙上那破洞,便得意洋洋地向伙伴要泥巴继续玩。

但这一次却是死一般的沉寂。我抬起头,发觉就在我跟前半蹲着一个年纪与我们相仿、穿着大红外套的女孩。泥点溅在她的大红外套上。第一个反应过来的伙伴撒下泥巴就跑,我也顾不了什么,? 跟大家作鸟兽散。这下炸了马蜂窝。又不是逢年过节,穿那么漂亮的大红外套干吗呢?我和几个伙伴靠在残墟边大口大口地喘气,最后决定偷偷地绕回去看看。大家猫着腰从围墙探出脑袋时,发现那个女孩子自己一个人还在那里,嘟着樱桃小嘴,鼓着红彤彤的双腮,一个劲抹掉身上的泥点。

"不知哪儿来的?"有人低声嘀咕了一句,引起众人的猜测。"管那么多? 再掷她!"很快就有人出馊主意。"对,扔她!"几个小伙伴纷纷捡起

每个人都是花色的

泥巴，准备向她扔去。我看着她明亮的双眸里似乎还有泪花闪动，显然被泥点弄脏了大红外套，她心里甚是难受，她微微低下头去，双手交错，竭力想把泥点抹掉。迷迷惑惑间，我隐隐约约觉得她似曾相识，感觉她应该跟我会有某种亲情关系。"算了，男子汉大丈夫，不欺负女的。咱们再瞧瞧她还敢怎么样！"我把手一挥，就像电影里的将军命令士兵一样，叫大伙儿趴在墙头，继续关注这女孩子。

"坏了！"当看到女孩子竟一直头也不回地往我家那个方向走去时，伙伴们喊出声来，"阿宏，她上你家了！"我也吓得不知如何是好，心想晚上那一餐"皮肉炒竹枝鱼"是免不了了。直到日头西坠，我才忐忑不安地循着墙根溜回家。当我一踏进门见到姑妈时，也只是呆呆地站着，不晓得过去喊她。妈妈走过来拍打我的衣服，说："真不懂礼貌，还不快叫姑妈！你瞧你，整天都在外头玩耍，也不晓得待在屋里陪陪你表姐。"我不敢出声，慌慌把头压低着，不敢往"表姐"那儿瞧一眼——表姐就是那个穿红外套的女孩！好在这时姑妈喊我："快来吃晚饭啦，菜都凉了。"我才别别扭扭地上了饭桌。

以前老听奶奶念叨表姐，说她与我一般年纪，却比我听话得多了。奶奶说她眼睛水灵灵的就像会说话一般，而且天生一个好嗓子，平常又爱哼歌，山里人都很喜欢她，称她是一只快乐的小百灵鸟。说来也怪，当天下午，当我不小心把泥巴溅到她身上时，就有了一种强烈的感觉——虽然我此前与她素未谋面。当时内心的后怕比平日干过任何坏事都要强烈，同时还夹杂着另一种难以言明的感受，我并不知道那其实就是"血浓于水"的自然反应。直到晚饭后，听到表姐开口说第一句话的那一刻，我才感觉到这个女孩竟是如此软弱可欺。她的声音是如此婉转悦耳、灵妙动听，以致我怀疑那根本就不是从她的口里传出来的。她说话时轻声细语、婉婉道来的神态，更是令人油然生怜。我并没有感激她将我的"恶行"隐匿不报，反倒以为她一个山里女孩，什么都没见识过，肯定不敢肆意嚣张，甚至早就把自己的委屈忘得一干二净，哪里还会记仇记恨，那一次我将她推哭了，原因是她拿了我的小人书，没经我的同意。

第二辑 怀念如是洁白的雪花

半夜里,我被爸妈吵醒了。我迷迷糊糊地听到,好像姑妈要把表姐送给妈妈当养女,因为姑妈她们那里很穷。可是妈妈不肯答应。爸爸一激动,说话大声了点,妈妈便哭了。后来怎么样,我不清楚。但是第二天天刚蒙蒙亮,姑妈便带着表姐回去了。妈妈追上去,给了姑妈一些钱;奶奶也给了表姐钱,还给她们一袋大米。几个女性在大路上哭别。

表姐和姑妈回去后差不多有半个月,奶奶便带我到姑妈那儿做客。去的路上我兴高采烈,但是住了一晚,我便嚷着要回家。因为山里的黑蚊子太厉害了,而且那里除了山还是山,整天也没什么好玩的。当我吃到那碗山薯粥时,我才稍稍安静下来,我想起了表姐在我家吃米饭时的那种憨样儿。

第二天,我和奶奶就回程了。姑妈和姑丈送了我们一大段路。奶奶要姑妈回去,又对姑丈说,不准把小表姐送给别人,再穷再苦自家也得把表姐揽起来。姑丈喏喏,姑妈却只是哭不停。就当姑妈和姑丈要回去的时候,我惊奇地看到表姐远远地赶来了。她头上淌着汗,急匆匆地把一大包东西往我手里一塞,说:"表弟,给你两个烤红薯带着吃!"

多年以后,我又去了一次姑妈家,那时表姐出嫁了。我看着那个忸忸怩怩穿着大红嫁衣、已经长大的山里女孩,就又想起几年以前她的红外套、红外套上的泥点和两个热乎乎的烤薯,不知怎么的,就在那喜气洋洋的唢呐声中,双眼湿润了……

所谓内心的快乐,是一个人过着健全的、正常的、和谐的生活所感到的快乐。
——罗曼·罗兰

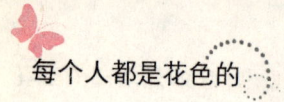

每个人都是花色的

表妹吴畅

表妹吴畅的文章读起来令人觉得亲切。行文流畅，笔法娴熟，引经据典，信手拈来。令她拥有不少粉丝。

　　表妹吴畅聪明好学，文静大方，人见人爱，更为难得的是，吴畅小小年纪，已写得一手好文章。这不，当她还在读小学的时候，就发表了那么多篇作品，令人对她"刮目相看"。

　　她这样写《小草》："小草在我的印象里是多么可亲。它的绿色使人们一看就感觉到心旷神怡。"开门见山，又不落套俗；接下来写"小草是春的娇宝宝，春用纤柔的雨丝积着透明的浴巾，洗得小草儿绿得水灵……"用了优美的比喻和拟人的笔法，使人不知不觉也喜欢上了小草；紧接着，写有一天突然下起了大雨，"我为屋外的小草担起心来。心想，下这么大的雨，小草一定会被雨水淹没的；"雨停后，她迫不及待地跑出去看时，一棵棵小草全在浅水里摇摆着；正担心小草的安危、急得不知如何是好时，"雨停了，浸水慢慢退去了，小草又顽强地挺起了身躯。草叶上晶莹的雨珠在阳光下闪闪发光。一阵风吹过，小草轻轻地向我点点头。"她运用了拟人与象征的手法，不露声色把小草比成了生活的强者……文章最后赞美小草的可爱而顽强的生命力，并把自己也寄望像小草一样，"只要一把黄土，一束阳光就能茁壮成长"。

她写爷爷果园里的《石榴》："春天到了，细雨如丝，石榴树贪婪地吮吸着春天的甘露。树枝上吐出了小嫩芽，春风吹来，嫩芽渐渐地变成了小绿叶儿，微风透过绿叶沙沙地响。五月初，石榴树上长满了含苞欲放的花蕾。花蕾开放了，露出了火红火红的笑脸……盛夏，花凋谢了，小石榴也出世了。秋季到来时，沉甸甸的石榴压弯了枝头。那些裂开皮的石榴露出了鲜红的籽，人见了忍不住要流口水。半熟的石榴籽很酸，熟透了的石榴籽鲜红鲜红的，十分惹人喜爱。抓一把石榴籽送进嘴里轻轻一咬，清凉酸甜的果汁立即满嘴都是……"

2010年，在中国西南大学文学院对外汉语专业就读二年级的表妹，给我寄来了她发表在杂志上的文章《学在他乡》，以细腻的笔尖，将学府的生活、学习和同窗友情娓娓道来，令人置身校园之中，仿佛又回到了那一份美好的时光中。吴畅的文章读起来非常亲切，行文流畅，笔法娴熟，引经据典，信手拈来。在网络发表文章的表妹，拥有不少粉丝。

最近，读了她发表的毕业论文《潮汕俚语文化》后，让我看到了一个思想更成熟、学习更勤奋的表妹，像这般可爱的小表妹，能不讨人喜欢吗？

当我们爱别人的时候，生活是美好、快乐的。
——列夫·托尔斯泰

每个人都是花色的

记吴邓娟

初登戏台,对吴邓娟来说,既新鲜又陌生,一下子要面对台下那么多名观众,她的心里一面大鼓在咚咚咚地敲击着;但舞台所散发的气息与氛围,又是那么亲切。

初识吴邓娟,是在四年前一次高中同学聚会上。吴邓娟并不是我们高中的同学,而是我们高中同学黄洁欢的妻子。主持人报幕当时,并没有跟大家说她是黄洁欢的夫人,当她亮开嗓子的时候,大家齐声喝彩。

是的,当吴邓娟上台演唱粤曲《分飞燕》时,大家很惊讶她的唱功,于是纷纷打听。熟识她的人说,吴邓娟获过揭阳市首届卡拉OK大赛业余组二等奖,是揭阳市潮剧团的专业演员。我也恍然,怪不得她唱法和音腔那么专业。

吴邓娟是揭阳市揭东县人,她自小受家人影响,对潮乐潮曲耳濡目染,痴迷喜爱,空闲时常常跟着长辈哼唱几段。1993年刚刚初中毕业、颇有潮乐基础的吴邓娟就被市潮剧艺术培训班录取,并以潮剧《苏六娘》选段清唱"春风践约到园林……"引起一满皆惊,面试老师们一致认为她唱调圆润、技法娴熟,当场决定将她同另外几名被选中的同学再进行规范培训。经短短的几天高压式训练后,吴邓娟顺利进入市潮剧艺术培训班正式学习,在潮艺界知名人士方静纯、杨元盛、倪岱云等老师的精心栽培下,她的声乐唱法和技艺迅速提高。第三年,刚刚在艺术培训班完成学业的吴邓娟,立即被揭阳市潮剧团选聘了。

初登戏台,对吴邓娟来说,既新鲜又陌生,一下子要面对台下那么多名观众,她的心里一面大鼓在咚咚咚地敲击着;但舞台所散发的气息与氛围,又是那么亲切。尽管第一次上台参演,她所扮演的只不过是《父子三登科》里面一个普通小丫环的角色,但她在心里暗暗告诉自己,一定要认真对待,严格要求,把握好每一个机会,一丝不苟地演好这个角色。她正是抱着这种心态,摸爬滚打,吃苦耐劳,勤练不辍,才慢慢地走上艺术的道路,并开始在《郭子仪拜寿》《粉妆楼》《明宫双太子》《南国双公主》《四郎探母》等戏剧里面扮演一些较有分量的角色,甚至逐渐担起重梁演起主角了。在戏台上,无论领导要求吴邓娟饰演任何角色,她都乐意接受。每次上台前她总先熟读剧本,了解剧情,领会剧中人物的心理活动、形象动作,还虚心向老师们讨教,甚至再三找出相关的影带细细揣摩师长们以往所演人物角色的外貌及心理特征,刻苦练习,真正做到上台时能演得神韵兼备。在《益春藏书》和《桃花姐过渡》《春草闯堂》等戏目中,她分别饰口齿伶俐、乖巧聪明的益春、桃花、春草,在熟悉动听的乐曲伴奏声中,吴邓娟的扮相、唱腔、道白、形体动作都相当到位,得到了老师、同行肯定,也深得观众好评。

《潇湘秋雨》描述的是名门小姐崔妙兰自小与蔡家公子订婚,几经曲折与磨难后有情人终成眷属的故事。第一次接演"崔妙兰"时,吴邓娟被难住了。20多年前,吴邓娟的老师倪岱云就因此角色的极致表演影响了海内外,"崔妙兰"的形象早已深深地印在观众脑海里,对吴邓娟而言,压力就更大了,加上她平时所扮演的多是活泼机巧的小花旦,而现在要饰演举止温纯、贤淑凄婉的闺门旦甚至青衣,真是困难重重。突兀而来的任务对她是考验,吴邓娟下定决心,多次虚心请教倪岱云老师,并给自己加班加点,一边端详资料,一边争早夺晚磨炼、吊嗓子、耍水袖,加强形体动作和基本功训练。在她的辛勤努力和师长们指导、同事的认真配合下,演出非常成功,上台表演场场博得满堂彩。

每个人都是花色的

　　小荷才露尖尖角。平日里,吴邓娟不仅严格要求自己,认真饰演好每一个角色,而且还"以戏带工"——把平时所学到的知识和自己的一些心得体会运用到戏目中。她每天坚持练好唱腔、身段、毯子、刀枪等基本功训练,虚心向老师学习、请教,针对老师所提出的"高音部分还稍逊色"的意见而加强了对"N 音"的训练,专业水平不断得到提高。在师长们的关心、培养下,吴邓娟演出了一台又一台的新戏、好戏,正逐渐向潮剧舞台攀登。

在快乐时,朋友会认识我们;在患难时,我们会认识朋友。
——柯林斯

第二辑 怀念如是洁白的雪花

友情如画

我似乎听到涛海松风,更看到远方那山与山的连带间,仙雾朦胧,烟纱缈缈,也不知孙悟空是否藏身于其中呢?山的高度,是没能比拟的。同样也难比小志情谊高重啊!

周志斌是我在广东省公安网论坛上认识的挚友,他在广东某地公安消防局工作。我俩素未谋面,我称他小志,他叫我心圣兄。小志知道我喜欢赏画,不久前竟然将他自己所作的,挂在自家厅堂的一幅图画取下来,寄给我。这很令我感动。

站于小志所赠的这幅画前,我恍惚置身于其中。左下角,山坡一隅,小松苍翠,山风轻送,令人心旷神怡,神思向往。坡上黄花绿草,星星点点,坡直斜向画轴线界处,好似长着一株桃花,小小的,极不起眼。有桃红的色,却是与众不同。山坡有些陡,在小松的脚边,杂草丛生,越发繁茂。再稍下处,两块怪石突兀而生,势尖峭剥,使人不敢滋生上去小憩片刻之念。往上,中左侧有一偏峭突出陡壁,下则为万丈绝谷。壁之旁有栏环护,临栏望风,把酒当歌,其喜洋洋矣。

人生当快意如斯乎!诚哉。也有一老者一手负于背后,一手微拊于须,似有阵阵山风徐来,老者醉意熏然已!此人物极为传神,其须,其鬓，其鬓，其袍，无不随风微动，尤其是其衣袖，被小志勾画得细致入微，栩栩如生乎！他在想什么？他在沉吟什么？他是孔孟圣人在叹假我数年卒以学易，可以无大过矣；是子在川上曰：逝者如斯乎？他是东坡在这西林壁上吟唱大江东去吗？他是李太白在望庐山瀑布而高喊仰天大笑出门去，我辈岂是蓬蒿人吗？

这山外有山，仙山不老，山外的海上千帆过尽，而山人依旧；白云缥缈，光阴似白驹过隙，转眼已去千年，可山，还是那座山呵！任它风起云涌，山摇地摆，他自岿然不动，或者，他同山已融在一起，千年自然，造化也将他、包括将他的思想汇进一处了！

看山是山，非山，仍是山。青山依旧在，几度夕阳红啊！老者心态如何，我辈岂能知之？我辈岂能妄渡之？山不动，人动；人不动，山动。千年未渡我，我何能去渡千年耶？小志把老者，把我的思维全勾刻进他这一幅画里了。在老者的身后，又是巍巍高山，更是险不可攀，高不可及，我只有仰观的份。

在老者的面前，隔着的是深渊，是恶谷，是仙雾弥绕的空隙，想必要超越它的，只有人的思想，人的灵魂。在老者的对面，就是画的右侧，也是悬崖峭壁，岌岌可危矣！几棵松柏蜿蜒在峡壁中飞出，其势不凡，其情高洁，其境幽巍，我疑为其中一棵，也心有戚戚焉——担心一个不慎，整棵树丛就要坠入深渊。

我也疑为盘旋于松林之风，我的灵魂清纯凝绕在其中。我甚至怀疑自己成了松上的一只小鼠、一个松果、一片松针——更令人吃惊的是，在不及我小指那般大的面积，小志却能勾画出一棵古色古香的苍苍劲松来，而它的纤纤针叶，却是一丝不苟，一目了然，清晰可数。

我惊叹小志的深厚画功，这不知要花费他多长的时间，但它所需要的扎实基本功更是令人不敢小视的啊！画中什么勾、破、折，我一窍不通，但整幅画给我的印象，却令我感受到震撼与震惊。看山又非山。那山，那人，那物，在山的后面，还是连绵远带的山，在山的前面，必定又是扑面而来的山。山离我渐行渐远，可小志这幅画给我的惊慌与惊喜，却如同我们之间的友情一样，愈久愈浓厚。

山与山的空灵，山与山的缥缈，把人的思想牵引向更远更远。宁静而致远，淡泊以明志。我似乎听到涛海松风，我更看到远方那山与山的连带间，仙雾朦胧，烟纱缈缈，也不知孙悟空是否藏身于其中呢？山的高度，是没能比拟的。李白唱过，"桃花潭水深千尺，不及汪伦送我情"。此山再高，同样也难比小志情高谊重啊！

当2003年12月5日上午收到小志的这幅画时，我就觉得，这幅画给我带来了好心情。我猜想，可能小志比较忙吧，他答应了我的事又不愿爽约，所以先到邮局给我寄来了这一张——而非他在手机信息里告诉我的那幅桃花图——事实上我也不大敢抱此奢望，君子何敢夺人之所爱耶？更何况还要让他从自己家中将画取下——这对我来说，不如等他有空，再另赠一幅来更好——当然，今日收到此画，我更是非常感动与惊喜了。

不过，不知小志是疏忽还是故意，使我在感动之余，又觉得似乎少了点什么？——就像人家给你送来了一个美人，可这位大美人偏偏指着自己嘴角的一颗小痣对你说："兄台，你虽得到了我的人，却得不到我的心"一样。原来，小志此画，并没有给我落赠款呀！

>>>

家庭和睦是人生最快乐的事。
——歌德

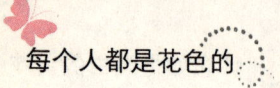

每个人都是花色的

心云如云

> 读她的散文,感觉十分惬意。六月天,她给读者送来了冰激凌。她是细心的,她的细心,使她的文章描写生动,感人。她的文笔很好,灵气与淡淡的伤愁总是关不住,片刻就溢了出来。

第一次"遇"见她的时候,是在广东公安内部网的阳光论坛上。那时,读到她发在上面的很多篇生活感悟的小文章,看出对方的内心挺细腻,对生活的感知很有自己的见解,觉得写得不错。于是,给她留了言。

不过,久久却没收到她的回复。于是作罢,自己写自己的东西。直到有一天,她突然回了我的贴,说是有很多跟我相同的观点,可以讨论讨论。我笑笑,也就回了她几句感谢之类的客气话,没料到她当了真,还要求我将更多的文章发上去。这样,算是认识了。

很多读过她文章的人都夸她的笔法清秀,常常叹息"这个小女子真绝"。读她的散文,感觉十分惬意。六月天,她给读者送来了冰激凌。她是细心的,她的细心,使她的文章描写生动,感人。她在内部网发了不少东西,慢慢地也就开始在报刊上发了一些。因为她的文笔很好,灵气与淡淡的伤愁总是关不住,片刻就溢了出来。读的人也叫好。

第二辑 怀念如是洁白的雪花

她的感情世界多姿多彩，大概是性格使然，使她的人生处处充满了美感与传奇。不久前读到她的一篇小文《英子》，感觉她的文章越来越有深意了，不再仅仅局限于华丽的辞藻上，而能从看似简单的表面叙述中，寄予更深更多内涵的东西，甚至引荐到理性与哲性的力度上去，从而加深了文章的深度与力度，更能使人留下深刻的印象。我曾夸她的这篇文章"有如一杯不同寻常的白兰地，浓郁而有深度"，算是给了她一个较高的评价和友善的鼓励吧。后来有一次出差，到了广州给她留言，本来想给她一个惊喜的，可惜她那天刚好有事，于是至今还是没见面。她有点耿耿于怀。我说没关系，最多你再多写几篇好文，来弥补你这一次"诚意"的缺乏吧。她呵呵地笑了。

心云是个怎么样的女子——仅限于论坛上交流的她，留给别人的印象只是若隐若现、浅浅淡淡；或者说，那只不过是一直隐隐约约隐于幕后的另一位女子。一个颇有秀气的女子……而对于她曾私底下跟我谈起的关于她自己的多姿多彩的经历，我也只能以"每个人大约只有经历过一些波折或者磨难，才会进步，才会成长吧"轻轻地劝解她。

论坛的纷争来得快——在这个个个自以为是你不服我我不服你的天地，"藏龙卧虎"沉浸久了就想"龙腾虎跃"，于是就有了意见分歧——大概分成三大阵营，对立的两派加上中间和事佬一派。彼时，太多太多的人物与故事，就突然轰轰烈烈地发生了……尽管都是在虚拟的网络世界里，但因为观点不同，争论也变得非常激烈，派别对阵互相辱骂，连远在北京的苗菁儿、江浙的"小鱼姐姐"和很多不知名的网友都卷入到"烽火战争"中……

陕西的三秋桂善意地劝解我不必太当真，她说"听姐一声劝，别跟他们小孩子气"。后来我才知道三秋桂姐姐是西安某消防支队的副政委，她目睹论坛纷争烽火四起劝告无效，就宣布退出江湖，隐居雁荡山下。"小鱼姐姐"在那段时间里也变得多愁善感起来，她以诗言志，表达了自己对论坛纷争不休的担忧。相对于小鱼的婉约与忧愁，苗菁儿却旗帜鲜明地跳出来喊话，她说："阿土仔万岁！我独挺此小子！他的观点就是至理，谁若不服尽管放马过来!"我怀疑侠肝义胆的她要么是特警要么是武警,但她却矢口否认,最后坦言自己只是一名警视栏目的女主持人,这倒令我刮目相看。

而相较于委婉的小鱼、苦口婆心的三秋桂和言辞激烈的苗菁儿,心云则显得成熟、冷静、理智多了。我后来想,可能也跟她与两大阵营的主领都比较熟稔的缘故。她用她的智慧在支持"阿土仔",为自己捍卫最后的阵地。热爱紫荆花的她,却无法阻挡风雨吹打一地落英。

我明白她的心意,就留言安慰她,说:往事随风飘逝。轻舟飞渡,化为灰烬,一切,似乎都没有发生过;一切,却又刚刚发生在眼前。但不管如何,我已来过;我们已来过。无悔矣。心洁净者而为云,心虔至诚化为圣。她笑盈盈,颇为开怀。

因为她知道我在玩文字游戏。我与她刚刚认识之时,与她交流,一般都是用"心圣"这个笔名,而不是用论坛人物"阿土仔"的外号;她在未与我交谈之前,也已有自己"心云"的代称。这也是一种缘分吧。回忆起来,还算有趣。

后来,很久很久一段时间没再上论坛,也就没跟心云认认真真地通过话。有时,明知自己站在窗台看风景,明月装饰了我的梦;我也装饰了别人的梦。但我还是这般样子,静静地站在网络的这一边,看文,看云卷云舒,看花开花落,更看心云在上面忙得热火朝天。

诸多坛友还是很想念阿土仔的,从他们在专栏上面的留言就可以看得出——特别是韶关消防大队的小志,更是惆怅不已,不停发帖怀念与怪兄的友情。也有聪慧过人的网友"我是灰烬"张秀莹,知道阿土仔潜在水里当看客,于是发文劝大家不要难过:"他就在大家身边,默默地关注着咱们;所以,大家不必伤心……"

不管如何,我还是或有或无或隐或现地从论坛上从QQ上第一时间获取到心云给我的留言。真的很开心。心云在慢慢地成长。某一个夜晚,夜静而月色渐凉的时候,就想起虚幻网络的如烟往事。

其实觉得挺可笑的。但是我还是偶尔上来。看到心云公开发布的帖子。心云以大无畏的精神写道:"我自随凡心,点点如虹——在我随身携带的笔记本扉页上,留着这句话。那是独坐于闹市隐寺之中,在黄昏的落日里,在深远的禅钟声里,忽然感悟到的。"能感悟并写下这句话,亦非凡心。我把它当成是心云的一点生活感悟,而不愿将它当成是标榜自己的抉择。我其实不愿任何一位支持"阿土仔"的坛友受到伤害。

心云这篇文章叫《点点爱》。我会心一笑,她想用文字的方式记下点点滴滴,但若以我现在的心态来论,我决不会用此标题。大爱无言啊。所以我漫不经心地打开电脑,在键盘上随意地敲打起来:云儿不必随风。风自有他的归处,雨也潇潇,风也飘飘;归去,也无风雨也无晴。自有归来处。风,却只顾一味地吹,那里曾管得了,云的心情?春风拂云,云带露珠,伤心处,泪自飘零,也不是随风的来去;夏风习习,云何会惯了?冷眼看世态炎凉,哪管夏日酷炎,还权作蓝天的衬映,又任风的轻微,一味地吹;秋风无情,更那里管得了云,秋风秋雨愁煞人,枫叶忽忽、紫荆叶落,也不关风事;冬风冷酷,萧萧刮扫,无情的雪,无情的风,何曾解得了云子之心?……归去来兮,我自横刀向天笑,去留肝胆两昆仑。

若论缘,心云远在广州羊城,我在粤东榕城,借用古人的话开玩笑地说,君住长江头,我住长江尾,是很难牵扯上的。但我相信,上辈子,就在白莲池边上,我与心云或擦身而过,或曾隔着众师兄聆听三圣教诲。也或许,彼时,彼此不识,缘分这东西,也就是只可意会,只能凭第六感觉罢了。"君生我未生,我生君已老",我猜想。

"对于佛,对于禅,虽向往之,亦心生敬意。已经皈依我佛的阿怪,不再是昔日的小石头。他的每篇博文亦与我佛有关,看他在山顶的石头打坐,双手合十,虔诚笃笃,我的心里竟然会空落落的。毕竟,关于他的印象,更多的是一份于不羁中的才情,现如今这般安然笃定一个人,反倒让我陌生起来。我想念他略带沙哑的笑声,想念他近乎玩世不恭的态度,想念他掷地有声的誓言。当然,我什么都不说,因为这是一个过程。可以想念,无法挽留。"想念本身也是一个过程。

"像植物一样生活吧。安静自如,点点温暖,就已绽放了整个春天的

每个人都是花色的

花朵了。"一花一世界。世间法的不可思议,也在于小到微观世界的一花一木,一微尘;大到宇宙黑洞无穷大,三千大千世界……"溪水无非广长舌,山色皆是清净身"。

我想到了:恬静,淡然。用于心云身上,也不为过。我很高兴地看到:心云真的长大了——尽管她实际年龄比我大。我说过她具有非凡的悟性和慧根。如此,我真的没有说错。

手机里一直保存着"渔夫"林佳佳小师妹发来的一条短信:"佛说,千百次的回眸,才换来今生的相遇。谁叫阿怪太懒了,才回眸了99次就说脖子太酸放弃了。所以……才没能跟相知的女孩子相遇呢!"上辈子真的有回眸99次吗?我不知。但我的脖子却真真切切因为职业落下的病,何止是酸,轻轻一晃,还是格格格地响。我想把它转发给心云,让远在花城的她,也知道大家熟知的心圣或者她笔下的阿怪、小石头的一点糗事,未尝不可。

生活中纵然如论坛一样多姿多彩,但还是踏踏实实地过着,日子才不至于像网络一样添堵。心云大致也明白这个道理吧。就这样,现实生活与虚拟网络上的心云,总是会不经意地,轻轻地走来……

>>>
没有人能比笑得过多的人更感到深切的悲哀。

——里克特

第二辑　怀念如是洁白的雪花

民警阿桦

趁绑匪一愣的瞬间，阿桦大吼一声，如猛虎下山，一个漂亮的擒拿动作，一搓一扭，瞬间将匪徒紧紧制服在地，近十名民警也如神兵直扑过去。围观群众回过神来，不禁鼓起了如雷的掌声……

阿桦是一名民警，是我读真理中学时的同班同学，也是多年好友。不过最近好几年都没有阿桦的消息了，不知他目前是否还在省城某分局防暴队当领队？我曾试过拨打他的电话，却被告知该机成了空号；想问问其他的朋友，也一直都不甚清楚。介于阿桦工作的特殊性，我们一直都未能联系上，这事就一直搁着。

阿桦今年也已 30 多岁了，我想已到而立之年的他，一定会把锐气收敛些了罢？阿桦的锐气与他的"少年气盛"和"哥们义气"是分不开的。不服输、爱抬杠、爱憎分明是他的特点。阿桦非常热心助人，不过读初中时，他的那一套谬论却令很多人不敢苟同："要同坏蛋争斗，就得更邪更猛！"我们持不同意见，他就变得非常固执，似乎我们也成了他的敌人，常常弄得大家不欢而散。而过后大家又会因为另一个话题重新聚到一块，有时扯得天昏地暗，争吵到三更半夜肚子咕咕直叫，也只有这时，阿桦才停下了，示意大家偷偷翻过校墙，跑到校门外的夜宵大排档撮上一顿，肚

每个人都是花色的

饱意足溜回宿舍后还要大家继续争论下去，直到对方睡意阑珊表示服输为止。我一度很为他担忧，感觉他还是太偏激太冲动，果然上高中时有一次他为了替一名同学出口气，意气用事，结果把被对方小刀刺伤了，昏迷了一天一夜，好在大难不死，经抢救，阿桦睁开双眼，围在病床边的男生吁了一口大气、女生们流了一大趟泪水。

高考后，阿桦上省城警校，我们联系渐渐少了。1996年我到广州时，一帮同乡非常高兴，纷纷设下饭局，轮流请喝。酒席上没了阿桦，喝起酒来总感觉乏味许多。我也自然而然地问起阿桦，同学老薯和阿健告诉我，其实他们早就将我前往广州的消息透露给阿桦，可是阿桦仅仅淡淡地应了一声"知道了"就没有下文，也不知他到底怎么啦？就在我临回来的那一天，刚好是周末，众人百无聊赖，想再联系一下他，没来就算了。不料刚刚扫了他的寻呼机，他马上就回复了，而且还说已经到了某某公共汽车站，正准备赶过来。等到见了面后，我们才知道，原来阿桦学校实行封闭式训练，他那次是看了寻呼机留言后偷偷跑出来回复的，警校的纪律严明，他也不能请假，所以只好等到周末后才匆匆赶来。

看着匆匆赶到、面浃滴着汗水的阿桦，听着他对众人说了一声"对不起"，我暗暗吃了一惊。在我的印象中，阿桦的字典里似乎从来没有出现过这三个字，而稍后的一番谈话，更令人感到吃惊。阿桦谈吐得体，双目炯炯有神，不再像以前那样有理没理都跟你狡辩，谈起政治时事有板有眼，一丝不苟，当别人发表不同见解时，他也只是微微一笑，表示保留自己意见。用完晚餐后，大家谈兴正浓，又找个地方泡上几盅功夫茶。聊意正浓，阿桦却突然站起来，跟大家告别，说他还有任务，匆忙告辞。阿健说，嘻，真可谓士别三日，当刮目相看啊。我也笑了，心中虽未免有丝丝惆怅，却多了几分欢喜、几分欣慰。

读完警校后，阿桦就留在省城参加工作，一直很少回家。阿桦的父亲偶尔会跟我提起他，有一次还跟我讲起了阿桦在下班途中勇擒两名扒手的事迹，话音里仍免不了对他丝丝的牵挂。我劝慰伯父，说阿桦已经在成长，他应该学会如何更好地处置事务了。为了让伯父放心，我还讲了上一次跟阿桦匆匆会面的情景，以此证明阿桦正在慢慢成熟。

有一天夜里，广东卫视上播出一则新闻，广州某大型广场门前发生了一宗绑架人质案件，绑匪一手劫持着一名少妇，一手挥动着尖刀，叫嚣着不让任何人近前。电视台的记者在作现场录拍，警方一面紧急疏散人群，一面与匪徒进行周旋、对话，正当警方在尽量满足匪徒提出的要求时，接到任务化装成群众的防暴队员阿桦慢慢向匪徒身后迫近，说时迟那时快，只见阿桦与前面的同事一个默契的手势过后，同事喊一声"喂，小心你背后！"趁绑匪一愣的一瞬间，阿桦大吼一声，如猛虎下山，一个漂亮的擒拿动作，一搓一扭，瞬间将匪徒紧紧制服在地，近十名民警也如神兵直扑过去。围观群众回过神来，不禁鼓起了如雷的掌声……

阿桦的爸爸也在新闻上看到了这一幕。当我打电话跟伯父提起这段往事时，他非常激动，语音里明显多了几分骄傲。伯父为阿桦的刚毅、自信、勇敢而欣然，我认为这是正常的，感觉阿桦这几年的书没白读，我跟伯父开玩笑说："伯伯，阿桦在广场前智擒歹徒，这是他《三国演义》看得多了的缘故，孔明授计给马岱，智斩魏延用的就是这条计谋。"一句话逗得伯父哈哈大笑起来。笑过之后，我长长舒了一口气，祝福远在省城的兄弟阿桦，多了成熟与理智，而勇锐之气依然未减。

一个人成为他自己了，那就是达到了快乐的顶点。
——德西得乌·伊拉斯谟

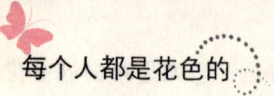

每个人都是花色的

女警神枪手

从训练到比赛,阿璇发扬了刻苦耐劳、无私无畏、顽强拼斗的精神,被人称传是一名不可多得的女警神枪手!

　　那一次见到女警阿璇,是在市局食堂。她刚刚打好饭,蔡科长喊了她一声:"阿璇,你好!""哎,蔡科长,您好!"她顺口应了一句。声音不小,脸蛋圆圆,微微一笑还露出两个小酒窝的阿璇,给人留下了深刻的印象。

　　阿璇刚进警队时在市公安局当过巡逻民警。她十分怀念那段时光,常常跟师兄师姐们一起走上家乡街头去巡逻,阿璇称自己得到不少锻炼。巡逻时,她和同事或开着车子,或徒步行走在市区街头,看到路人纷纷向她们投来敬佩羡慕的眼光,她就觉得自己神气,感觉到肩上的分量。她说认认真真的巡逻,严肃与正义写满脸上,无形也给坏人一种气势——老实点,别给我添乱;而要是碰上坏人正在做坏事,那可就义不容辞地赶上前去制止。阿璇当了三年巡警,还真未遇上"刺激"的事。在我们的再三追问下,阿璇才淡淡地说起,倒是有一次,当她和两名同事巡逻到一家娱乐城门口时,就发觉里头有些嘈闹,恰好这时对讲机里传来指令:该娱乐城里有两伙人正在厮打。三人毫不犹豫就冲进去,阿璇大喝一声:"住手!靠边，都不许动！"偏偏就有一个不识好歹的醉汉，自以为是地向阿璇冲过来。阿璇一个侧身对准那人轻轻一拨，顺势一个扭转，把那个大粗人按倒在地，动也动不了。两伙歹徒才知遇上高手，目瞪口呆地看着阿璇，直到派出所的民警到来，一个一个乖乖地上了警车。

阿璇第三年被调到市公安局指挥中心。刚上班不久就接到一个自称其父亲要杀掉他的男子的报警电话，阿璇细心地询问，才发觉此人头脑有时清醒，有时不正常。男子在电话里，清楚地告诉阿璇他刚刚从外地跑到揭阳市来，就在市区街头闲逛，末了还把自己家里的电话号码也告诉了阿璇。阿璇心里也有些急，电话一接完就按那男子说的号码打过去，竟然还真是那人家里的电话。不同的是这名男子的父亲并没有要杀他，倒是他神志不清时总要乱砸东西、追打人家，家里人嫌他烦，不愿再理睬他了。阿璇跟其家人沟通劝说无效，又听说这名男子出来游荡多天，身上没带钱……不知饿成什么样子了？心里挺着急的。一下班阿璇就买了面包和矿泉水，跟一名男同事按电话显示的地点奔去。遗憾的是这名男子已经不见了……

同事们都说阿璇真是巾帼不让须眉，阿璇笑了笑说："那里，男同志有更多值得学习的呢。"跟阿璇要好的人都知道，她出生于一个习武的家庭，父亲是乡里有名的"武师"，也是一位会治跌打伤的师傅，颇受乡人爱戴。阿璇自小就爱舞拳弄棒，10多岁已练得一身好武艺，什么"四步削竹""美女梳妆"，阿璇信手拈来打得虎虎风生，棍刀凳剑样样精通。阿璇最引为自豪的是一口气能连劈三块砖瓦，一般的棍棒还真不能近其身。参军、当一名人民警察都是阿璇的志愿，可喜的是阿璇遂了愿。她在警队里还苦练枪法，打出了一份好成绩。听她如何练枪，那可是感人至深。阿璇说，为了给自己"加小灶"，她天天坚持利用午休、夜间的空隙，溜到练枪场射靶。同事睡着了，她还在用砖头坠在手臂上练腕力……后来，她的刻苦，她的不服输，让她在2009年代表揭阳市公安局参加全省公安系统射击比赛，取得了全省女子50米手枪慢射第二名的好成绩，为市公安局争得了荣誉，荣获个人三等功。

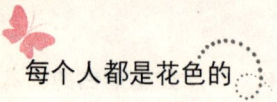

每个人都是花色的

在那次比赛前,阿璇克服种种困难,不怕风吹日晒,坚持日夜操练,不断加大强度。虚心向参加过全省比赛的老同志学习请教,严格要求自己,勤学苦练,一丝不苟,认真领悟每一个动作要领,克服每一个技术难题,不断提高射击技术水平。在临近比赛前几天碰到枪支损坏、不得不换枪的情况下,她克服心理障碍,不断调整技术、方法,使射击水平得以正常发挥。

在比赛中,阿璇作为一名第一次参加全省比赛的新选手,心情既激动又紧张,但她能够不断调整情绪,使自己始终处于既无压力,又保持着最佳心理状态,冷静沉着,奋力应战,认真打好每一发子弹。比赛最后关头,比的不仅是选手的技术水平,重要的是选手的心理素质。在剩下最后3发子弹,却有一发打了较低环数的情况下,阿璇深深呼吸几口气,稳定情绪,调整心态,终于连续打出了几个较理想的环数,战胜了自己又战胜了对手,取得了可喜的成绩。从训练到比赛,阿璇发扬了刻苦耐劳、无私无畏、顽强拼斗的精神,被人传是一名不可多得的女警神枪手!

提起那次训练,阿璇脸红红,微微笑着,说她还真是向男同事请教了不少,把他们的训练量加到自己身上,有了严格要求,有了队友帮助,才能够发挥得好。阿璇在说这句话的时候,一名男同事在一旁直嚷:"新娘子,在家里你是不是常常欺负你老公啊?"阿璇一脸的幸福,甜甜一笑:"哪里的话,男女平等嘛!"一句话引起大家一片笑声。

快乐就像香水,不是泼在别人身上,而是洒在自己身上。
——拉尔夫·沃尔多·爱默生

洪腔薛泽游

从发烧友的角度来讲,薛泽游不啻是一名成功的"洪腔"继承者、表演者。我们期待着薛先生将给大家带来更多的惊喜。

　　近日,购得新碟一张,为薛泽游仿洪妙先生唱腔专辑。薛泽游为何方人氏也?竟推出个人专碟,效仿洪妙先生?

　　薛泽游,男,揭阳人氏,在深圳、东莞做生意,喜偷闲唱潮剧,尤擅长洪氏唱腔。揭阳每有潮剧票友会,一个电话拨过去,薛泽游生意再忙,必定暂搁一旁,开车返来,与众票友一抒心弦,抒表一位业余潮剧爱好者热爱家乡潮曲的心怀。薛泽游尤工于洪妙唱腔,每每客串,无不令大家眼前一亮。一次偶然机会,薛兄遇到张长城先生,斗胆献曲,虚心讨教。张长城老先生一听,不禁感叹,说了一句:现今仿洪腔者众,能唱好、唱得惟妙惟肖者不多也。听知薛泽游是一名商人之后,称赞他是不可多得的人才。张先生亲自鼓励、指导薛泽游,把自己几十年来的表演心得毫无保留地讲授给他,还专门帮薛泽游请来广东潮剧院洪氏弟子和知名潮剧表演艺术家,请大家悉心传授,使薛泽游唱法、做工大大进步。

　　薛泽游所推出的个人专辑,第一张内容是《杨令婆上金銮殿》(杨令婆辩本）和《杨子良讨亲》，不用讲，大家也必定猜到，薛泽游饰演的是哪一位了。不错，在《杨令婆上金銮殿》中，薛泽游扮演的就是老太郡杨令婆；在《杨子良讨亲》则扮演杨子良并包兼念唱乳娘"阿妮"全部台词。令人惊奇的是，薛泽游所扮演的杨令婆，不仅唱腔直追洪妙先生，咬字清晰、吐音明了，而且扮相相仿，一举一动，举手投足，惟妙惟肖，可谓神形兼备、演技娴熟矣。

即便薛泽游只是一名业余潮剧表演者，但为了他真刀真枪地演好每一出折子戏，广东潮剧一团不惜动用专业演员与薛泽游配戏，加上出演录制之前由名师悉心传授，带、传、帮、教，可说是下了极深极大的工夫。值得一提的是，当今知名潮剧男小生、揭西人林初发饰演的角色宋仁宗，更衬托出整场折子戏的分量。林初发一改以往小生模样，唱、做、念、"抛"，俨然人家风范，气势非凡。英俊的面孔，一袭黄袍加身，满脸的威严，演出了帝皇气派。

值得一提的是，在《杨子良讨亲》VCD 画面中，薛泽游扮演了花花公子杨子良，又摇又摆，又吟又唱。剧中的乳娘"阿妮"特邀请林舜卿老师友情出演。这一折子戏的亮点是，薛泽游扮演杨子良，不单负责杨子良的表演和念唱，还要按照林老师的口形，恰如其分地对出台词，也就是说，薛泽游一人吟唱了杨公子与乳娘两个人的念唱。这一折子戏，取自潮剧《苏六娘》，剧中人物乳娘"阿妮"的原表演者，就是大名鼎鼎的潮剧表演艺术家、擅长反串女角的洪妙老先生。薛泽游进一步挑战，既扮演杨子良又负责女丑"阿妮"的唱词，功夫不浅。在一念一唱、对答之间，需要男女声进行快速对换，薛泽游做到了神形兼备，没有一丝瑕疵。

从发烧友的角度来讲，薛泽游不啻是一名成功的"洪腔"继承者、表演者。我们期待着薛先生将给大家带来更多的惊喜。

第二辑 怀念如是洁白的雪花

龙岗追贼记

我大喊一声:"就是他!"众乡亲一听,怒不可遏,高声喝叫着冲过去,吼:"抓住他,把他送到派出所里去,别饶恕他!"

　　N年前,读高中的我,在高二暑期去了一趟深圳龙岗,帮开商场的姐夫做生意。那一次,我经历了一次打工追贼记。

　　事情的经过是这样的:那天下午我和姐夫到仓库卸货时,刚好另一名员工上了一趟洗手间,商场里只剩下姐姐一个人看管。这时,商场来了一男一女,两个人比手画脚,嘴里"啊啊"个不停。那女的径直行进店里,指指划划,打着手势问东问西。姐姐见状,也跟那名"哑女"进到里面,为她介绍。就这样,在商场门口的柜台没人看管了……

　　由于忘记带通货单,我大步流星地折返回店子来。

　　还没到商场,我便见一个男人捂着肚子慌慌张张地从商场门口走出来。当他走近我身边时,我突然大吼一声:"你干什么的?"他愣了一下,当下就慌了神,竟然撒腿就跑。我甚觉奇怪,心里想:这人经不起一问,"做贼心虚",有问题。说时迟那时快,我也管不了那么多了,脱口便喊:"你给我站住!站住!"那人毫不理睬,反而越跑越快。我又惊又急,来不及多想,紧跟追去,边追边高声大喊:"抓贼啊,抓贼啊,有人偷东西啦……"

我边追边喊，声音都变了调，但一切都无济于事。那名男子也愈跑愈快，诸多的路人莫名其妙，还没明白过来。

我想："多喊无益，不如把丹田之气运用脚上吧！"——已追了近1000米，走过两条大街，到了完全陌生的地方，我暗暗为自己鼓气："别慌别慌，邪不敌正。追！" 50米、30米、10米……看得出那个人累得也快跑不动了，我心中不由滋生一份豪情：看来，平时在学校的锻炼没白费！我憋着一股气，大吼一声，便使出平时篮球场上那"三步跨篮"的妙招，一个箭步踏上前去，扫出左手，往那贼肩上一搭，右手重拳在握，一招猛龙出洞，狠狠抡出——正好那人慌慌地掉过头来，这一招不偏不斜，重重地击中这厮头部。

这人见不妙，"唉哟"数声，竟乖乖从怀里掏出一叠钱来，我下意识地松开双手，齐齐去接；同时，右脚微提，"声东击西"作势向他踢去。这厮倒也机灵，钱一塞进我手，便急窜而去。我这一脚踢空，幸好用力还不甚过度，硬生生一个马步前踏，稳住了下盘，避免失去重心。见这贼这样便逃了，心里又极不甘，又冲着他的后影乱叫一阵："哪里走？派出所，派出所的人来啦！"喊了几句，见他狼狈不已，提着裤子慌忙乱窜的样子，不觉好笑！心想，算了，我双手捧着这么多钱，再追下去可就"投鼠忌器"了。

转身喘了喘气，我竭力回想着刚才走过的路，慢慢地循着街头往回走——幸好，半途就碰到了赶来支援的一大帮乡亲。一路上走着，大家问我伤着了没有？我连忙笑笑说没事。

回到围满乡人的商场，姐姐说："那'哑女'却叫她溜了。"我顾不及讲"追贼"的经过，对姐姐说："点点钱吧。"姐姐经我提醒，忙将我追回的钱款数了一遍，又拉开钱屉核对了一遍，说："嗯，少了一张（一百块），可能还在那贼身上。"

正说时，人群分开，走进了三个人来。其中两个身着白衫的青年人用客家话对大家说了什么——后来姐姐说，这两个人是便衣民警，正在街上巡逻时，听到我用普通话对一个慌慌张张的逃窜者高喊"派出所、派出所的"，想这其中肯定有料，于是随后也追赶过去，并及时擒住他。大家纷纷对这两个民警道了谢，而另外一个人弯着腰把头埋得低低的。当一个"便衣"把他的头揪起来时，我大喊一声："就是他！"众乡亲一听，怒不可遏，高声喝叫着冲过去，吼："抓住他，把他送到派出所里去，别饶恕他！"两名便衣笑眯眯，说："我们正要把他抓回所里呢。不过请你们也去做个证人。""好，没问题！"闻讯赶到的姐夫急忙答应。"一起去，一起去！"乡亲们纷纷嚷着。

　　后来呢？在龙岗派出所里，民警在那贼的衣衫里又找回了一百块钱，经派出所的同志审讯，原来，这贼跟那女的都是假扮"哑巴"的，他们用这种手段作案，屡屡得手，没想到这回却栽了。

>>>

我们关心的，不是你是否失败了，而是你对失败能否无怨。

——林肯

每个人都是花色的

天涯·明月·刀

天涯的奶奶死了。明月给了刀一刀，刀中了明月一刀，也死了。我与明月的爱情，也走到了尽头。

"一夕君细诉。惊羞涩，西窗夜雨，情怀暗度。天意问得秋心付，分明金风玉露。携手处、不胜唏嘘。吟诗赋曲惺惺惜，怅相识已晚知何处？几回梦，空相觑。夜凉独自欢情绪？谁伴我？碧海柔沙，婆娑轻舞。雪羽双鸥曼清影，把酒听歌《金缕》。奈何天、从容不许。彩笔红笺多记取，留恋久、依依春归去。雁不到、书谁与？"说的是，知己难得相遇，把酒听歌，却是西窗夜雨，最终夜半深冷，不得不恨别归去。词句浅显清丽，音节和谐流畅，情致伤感无奈，意境凄婉动人，相识恨晚，偏又离别，愁思君而落泪，凉夜独守，无人解忧。纵然彩笔红笺多记取，又怎能排遣她心中的淡淡哀思？柔肠百转，无计可消。一曲吟毕，令人几多唏嘘。但有谁料到，这一曲《贺新郎》竟出自"天涯·明月·刀"的女网友之手？

这是小鱼赠阿土仔的第三首小辞令。甫一登出，众网友纷纷叫好，"一路狂歌"更是一砖拍去，令诸多位费解，却听伊道："小鱼这妮子，还让不让人谋生？常常为了阿土仔不声不响没心没肺就抛出如此惊世骇俗的佳作出来，让我们悲痛欲绝，无法生存，嫉妒得欲火丛生，我不拍砖，难道还要捧上鲜花不成？"

第二辑　怀念如是洁白的雪花

但阿土仔又是何方神圣，却教小鱼如此倾心？

（一）2004年注定是腥风血雨的一年。彭瑞平彭主任自成系列某年为唱歌年、扑克年，而对于众多"天涯"网友来说，这一年肯定是一生难忘的网络大战年。4月1日这一天一早，我刚挂上线，就有人告诉我，称阿土仔被"明月"版二当家燕少封了IP，无法动弹，更别说发弹了。又有人说："刀圣您老人家一定要治治燕少，现在总坛主'天涯'死了奶奶，天天在悲痛之中，就算上网，也不外乎发发讣告之类的东西，对整个论坛根本就是不闻不问；燕少是'明月'姐姐手下的二当家，几乎全权代理整个明月版坛，明月姐姐一直睁一只眼闭一只眼的，放任自流。所以，除了您，恐怕没人能治得了燕少。"

对于燕少的事我早有所闻，一直碍于明月的面子，没怎么去理会他；但现如今，燕少滥用职权，重辄踢人出局，轻则乱封IP不让网友发帖，搞得整个"天涯"论坛一片乌烟瘴气；在下就是看不过眼，放言警告了对方几句，不料此小子竟然以权谋私欺负到俺手下来了。

对于这个燕少，实在是千夫所指罄竹难书。不久前又有传闻，说燕少利用网络勾诱无知少女，现实生活中作风非常不正派，却又见不得别人在网上勾勾搭搭，阿土仔就是因为有太多的女网迷追捧遭燕少妒忌不满才引起被封杀的。众多网友怨声载道，纷纷发帖跟帖声讨燕少爷。

应该说，"微雨燕双飞"燕少对"天涯"是作过贡献的，也算是元老派了，只是此君一直自恃高人一等，加上还算有些文才，所以既轻狂又放荡，恐怕在现实中也不出其右。我进入阿土仔被封穴的网页，原来这是一篇网络武侠小说《浪子十三少》引起争议，很多人留言捧场，但是也有一些人扔砖头持反对的意见……他这样写道——莫道君行早，更有早行人。十三少爷低吟一声。落脚处却是桃花源地，小溪清水旁，他在此静静地洗着自己的东西。几点斑光照在他苍白的脸上，桃树的花隙使影子投到溪中。溪水清澈可见，里面石头小鱼动静相宜。小鱼就是流水自由自在的小朋友，水温柔地轻抚着江湖。却在这时，噗的一声，有物件破水而出。十三少爷不闻不问，他总是那样专注。身边，不知什么时候站着一位少妇。

每个人都是花色的

她静静地看着他。桃花落得她的脸旁红润起。

她轻轻地叹了一口气："她不会来了。"她是在对十三少爷说吗？她不会来了？十三少爷还是不紧不慢地洗着他的东西。"你还有什么洗不完的？"她忍不住问，"你究竟一直在不停地洗什么？"十三少爷头也不抬。"你不像在洗剑，也不像在洗诗。你在洗什么？"

十三少爷终于抬头。看了她一眼："洗心。"

她笑："心在哪，如何洗得？"

"洗不得，何见得？"三年。三年的时间太长太长了。

"是，别说是三年，三天也会让人变心的。"她的话像一支冰剑狠狠击中十三少的心。十三少面色苍白……因为他一剑挑去，竟然发觉，眼前这个少妇，仍是那个被他伤了心的"食人鱼"雪儿！可惜……

他记得那个谒语。当它遇上这样一个人的时候，它就可以许上一个愿，让自己行重获新生。但雪儿偏偏冷笑："我说过雪儿会再来找你的，可是你却不相信她！雪儿没有失约！是你，迷失了自己，竟然连你自己都信不过……你不用摸了！我的这张画皮，早已被真正的食人鱼吞噬掉了！"她还是不肯原谅他！

十三少爷痛得只剩下笑意："为什么？"雪儿哈哈狂笑："因为我便是食人的鱼！"

浪子十三少看着昔日的恋人，变得如同魔一样的陌生，竟噙恨离去。他失望得连心都没了。他悲愤得连剑都丢了。他连续几天守在清清江水畔，不断地搓洗着双手……空荡荡的桃花谷中，回荡着十三少迸出全身气力嘶喊的声音：为什么……

就是这一章回，有很多网友跟帖，甚至小马和凝魂花骨为了争坐沙发，俩人还大打出手，同样也引得诸多 MM 抹眼泪。这样好好的一篇文章，并没有什么不妥，却被燕少 K 死了！

这有什么呢？我真不明白燕少的意思，他真的是公报私仇吗？我也曾听说，小鱼和芙蓉都是他的情人，但现在早已翻白眼。小鱼一直喜欢跟阿土仔的文，众网友有目共睹，会不会……

第二辑 怀念如是洁白的雪花

（二）你别管。这就是"明月姐姐"给我的话。别以为每三个字都会令人心动不已，至少她这三个字却让我浑身发冷。明月是我现实中的女友，四川美女，28岁。在一次笔会上，我、天涯、明月结成知己，并联手搭建起"天涯·明月·刀"网站，主要是让更多的文友上来发帖、登文章，也方便圈内文友访问交流。网站自2002年开设以来，上贴数已逾十三万，其中数百篇佳作还被多家网站所转载，网友也在不断地增多。因为忙不过来，我们开始发展下线，让更多优秀的网丰出任网站帮主，使他们充分发挥自己的才干与智慧，把网站办得更加出色。

阿土仔是我的一个好朋友。我们在玩85版的台湾大富翁时认识的，他喜欢阿土仔，我也准备选择它出战，结果俩人不打不相识。到了后来，翻了N次新版的大富翁反而越玩越没味，当阿土仔成了阿土伯的时候，我们就一同放弃了。

在我请他上来之前，他本身已是一个论坛的坛主，大概是惺惺相惜的缘故，他义无反顾扛着大刀就上来了，成了本论坛的一大笔手。我解开阿土仔的穴，我发信息给他说，该怎么着就怎么着。我支持你。

他笑，说要一样东西。我说，只要我有，只要你要。他仍笑，说，要你的刀。我明白，刀是我的本色，也是我的权力。整个论坛的网友，都知道我的网名。我慎重地递了过去。

"刀一出鞘，见血封喉！唯有见血，才能回鞘！"几乎所有的网友都明白这一点。一场浩劫不可避免地即将发生了！

（三）"我又来了！"这是阿土仔发出的第一句话。很快就有人跟帖，高声猛喊。顶到十三楼的时候，燕少忍不住了，他抛出一句："算什么东东？敢跟我叫板？"众网友立即起哄，有喊K他的，有叫坛主踢他的，有发帖骂他的，总之没一个帮燕少说好话。

琴棋书画剑，诗词歌赋文，渔樵医卜讼……有好事之徒列出一个表，定下对决时间。而此时，阿土仔的网迷"仔仔"与燕少的网迷"燕窝"们早已开战，双方先是唇枪舌剑，接下来就是拳打脚踢，谩骂唾咒，混乱一片，不可开交。燕迷"胡天雪"骂阿土仔不知天高地厚不自量力死翘

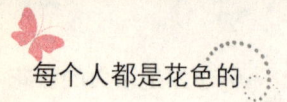
每个人都是花色的

翘；阿土迷"卷地草"还击燕少作恶多端十恶不赦死到临头嘀禾标……

这时来自山西的"三秋桂"李仙儿第一个公开发帖给阿土仔劝架："仔仔，听姐一声劝：冤家宜解不宜结，请三思，再三思。姐虽与你素昧平生，但平日偶有读你佳贴，受你所感，若有所思，颇知你文中禅意颇浓、哲理甚重，你又何必为此大动肝火？"私底下，"我是灰烬"张秀莹也忙于赶来劝架。接着，跟帖唱和的，重新发帖喊打喊杀的，加上冷眼旁观不置可否的，分成三大派。

但阿土仔忍受不了燕少那个狂样，他应招了：第一局，是 CS 特警对决，俩人打了个不分上下；第二局，是摆下象棋谱，两边网迷情绪激昂，影响双方状态，最终双边弃权；第三局，燕少提出比试书画，阿土仔输了，但来自山东的阿土迷"胡须客今何在"不服，称燕少平日自恃绘画拿手，书法过人，这是以强克弱，为什么不敢与阿土仔比比命题作文？第四局，别开生面的"卜讼"比赛开始了。暗藏的幕后高手纷纷出招，无形的杀气弥漫满个论坛。对方网友蠢蠢欲动，连连发镖。

我轻轻一笑，坐在电脑机前喝起了功夫茶，因为我知道，对方根本不知阿土仔是个易经迷。"乾三连，坤三断，震仰盂，艮覆碗……天尊地卑，乾坤定矣……一阴一阳谓之道，继之者善也，成之者性也，仁者见之谓仁，智者见之谓智……是故《易》有太极，是生两仪，两仪生四象，四象生八卦，八卦定吉凶……自天佑之，吉无不利！"阿土仔滔滔不绝当起了讲师，他对理、象、数、六十四卦都略有研究，令人叫绝惊讶的是，他精准地测出了"微雨燕双飞"的真实身份和所在城市名称、过往所做糗事等等，燕少塞语："你、你……肯定是有人告密！"

第五局，燕少利用权力对阿土仔拳打脚踢，封 IP、泼脏水、发泡泡、送毒虫、坐板凳、轰土炮……阿土仔连连后退回避。众网友路见不平，纷纷拔刀相助，有代阿土仔挡板的，有代阿土仔灌水的，有帮阿土仔扫开血路的……令人感动的，汤小鱼、木子丽、金刀错、卖女孩的小火柴站出来，跟阿土仔联手见招拆招。一时，整个网站腥风血雨，杀气冲天！

刀，天涯，明月，刀。刀一出鞘，谁可争锋？阿土仔大喊一声："大家退后,我阿土刀仔多谢大家了!"他一刀砍去……

天涯的奶奶死了。

明月给了刀一刀,刀中了明月一刀,也死了。

我与明月的爱情,也走到了尽头。

(四)燕少到死也许都不明白,他的手下败将,只有三级战备的阿土仔,是如何战胜了自己的!

飞刀,又见飞刀!

明月临给刀补上致命一刀的一瞬间,分明看见刀在滴血。她耻笑刀竟然还会有液体的东西可以流。刀无语。

明月说,为了一个小三子,你竟然把你视为己命的宝刀给了他。你明明知道燕少,是我的得力助手!你也曾告诉我,你不会插手你手下任何一件事,你曾对我许诺,不会为了除我之外的任何一位女网友动心、不会为了我之外的网友而亮刀?可如今!你会为了一个新面孔"阿土刀仔"而怒吼论坛?难道,真的如大家所说的,阿土刀仔,却是钱夫人的千金孙小美的化身?这个人物,竟然在我眼皮底下,逃过数劫!狡猾得连我都查不出"Ta"的 IP 地址!

阿土刀仔,是谁?是谁?小鱼儿吗?应该不是,她是我的好姐妹。柳玉絮吗?也不大可能,毕竟她那么年轻、天真,学业又那么忙,怎么可能会想到冒充阿土仔来挑拨离间?是"三秋桂"李仙儿吗?她才不会那么无聊呢!那……又会是谁?

小鱼又在轻吟:"眼儿媚:飞絮滚滚见杨柳,香风阵阵透。暮雨时分,最应回首,淡极春愁。醉脸醺醺对桃花,香肌几分瘦?今年断肠,非干陈酒,不是悲秋。"又"玉蝴蝶:觉来春雨如绵,愁云如织,凄清无限。孤盏病酒,寂寞无人怜见。云易流、纤尘飘零,柳多情、飞燕缱绻。倚楼黯。已惯司空,休问深浅。最念。竹馆聚会,畅啖东坡,玉珠轻捻。绮梦魂萦,未知何处醉春眠!盼归鸿、锦书难托,费商音、思潮难遣。终相觅,杜鹃声里,人在天边。"

我不知是因为阿土仔的离去,让她如此落寞呢,还是昔日自己曾经的

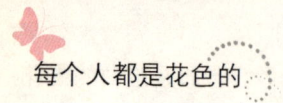

每个人都是花色的

误托刘郎让她如此伤怀。我没想到,阿土仔的离去,对她的伤害,竟然如此之深!我也想不到,阿土仔的离去,竟然给整个论坛带来了沉重的打击。对酒当歌醉无眠,离别各在天隅。归去后、棋罗未散,楸枰人独。西窗暗雨频断续,别有伤心无数。更休问、永夜凄楚。一怀愁绪凭谁语?"三秋桂"李仙儿也走了,她给少部分网友留下内部信息,告诉她的真实姓名、工作单位以及联系电话,称真诚的网友可以通过其中任何一种方式跟她取得联系。我突然有点想她,因为我知道,她本来不会轻易留下这一些的,只是"临去秋波那一转",我分明看到她眼睫有泪光在动。自从那一次她说过要来广东看我被我婉拒之后,她就不怎么发帖了;"周星星"笑她只看帖不发帖,别潜水太久受溺,她也只是一笑了之。我依稀记得柳永在《望海潮》中提到"重湖叠巘清嘉,有三秋桂子,十里荷花。"我顿悟,与她之间感情,只能留在心中久久回味了。

(五)潮起潮落,人来人又走。天下没有不散的筵席。半年后,在"天涯"的组织下,三十多位网友相聚广州。我与"明月"相见无言,会上她自始至终一言不发,好多次我想跟她说点什么,她却总是冷冷避开。在第二天上车临走的时候,她从我身边走过,抬起头来看了我一眼,嘴角迸出一个字:"哼!"后来听另一位与她住同房间的女网友说,她恨恨啐出一句"他忍心打碎我的梦境么?"

是的,每一个人都有属于自己的梦,哪怕是自己深爱的人儿。当车子里传来歌声"路过的人,我早已忘记;经过的事,已随风儿而去……"的时候,明月是否会明白,阿土仔,其实早已在一年前,消失在茫茫网群中……

只有把抱怨环境的心情,化为上进的力量,才是成功的保证。
——罗曼·罗兰

童年腐乳饼

父亲终于把纸袋轻轻放在我的面前,面对着突如其来的美食,我反倒有些不知所措了。纸袋子里那腐乳饼的可爱模样似乎全现在我的眼里,就连那原本的香味也隐隐可闻,就听父亲说了一句:"吃吧。"我才突然醒悟过来,迫不及待地撕开厚纸,拿起一块小小的腐乳饼,贪婪地放到嘴边。

许久以来,在粤东以外的其他地方,都不曾见过腐乳饼,估计它应该也是潮汕小食之一。

在潮汕的潮州、澄海、潮阳、榕城、普宁、惠来等地的腐乳饼最为有名。腐乳饼呈长方形状,长约5厘米、宽3厘米、厚约1厘米,就是这块小小的香饼,吸引住多少小孩子的眼光和味觉,那味道也真够香呀。听大人说,要先把主料放在腐乳汁里泡浸,直至腐乳汁全部入味,才可以糅合面粉进行烘烤,以至出炉。

考其内料,主要是白肉切成小肉丁加以腐乳汁进行卤浸,掌握其时间后,配上瓜丁瓜册、花生、芝麻、蜜糖、细面粉,再倒入适量腐乳汁进行调配搅拌,最后置于面皮之内成馅即可。

六七岁那年,我从乡下跟随在县城工作的父亲来到他的工作单位——县供销社果菜公司。这家公司位于北门轮船渡口,从老家的小镇船站一直

每个人都是花色的

坐了一个多小时的轮船就到了。因为早上起得早了些，又是兴奋，只吃了些稀粥，到达之后不久肚子里早就咕咕直闹意见了。父亲所在的公司楼下有很多饼食，最最吸引我的就是腐乳饼那份香甜可口而诱人的美味。我闻到它的味道时，不禁下意识地咽了一小口水，但年幼的我却不敢开口跟父亲要。

大概是父亲也觉察出我的馋样，他问我是不是想吃东西，我不好意思地点了点头，他说你是不是闻到什么香味啦？我低着头，小声说，有一次你周末回家，给我和妹妹带来了一小块腐乳饼，我和妹妹舍不得吃，推来推去的，最后约定俩人每次只准舔一下，结果弄得整块饼都湿了，虽然后来分开吃掉了它，但那种香味我一直难忘。父亲听后微微笑了，他摸着我的头说，你安心把作业做一遍，我现在就下楼给你买。

我听着父亲的脚步声渐渐走远，心绪也跟着向楼下飞去，哪里还能静得下心去写作业呢？我偷偷跑到阳台的栏杆上，向下望去，看到的是父亲那一个留给我印象深刻的背影。只见父亲快捷地迈着步子走过街路，径直走进饼店里。进了片刻，父亲捧着一小包用厚纸包着的东西往这边走来。我心里有些着急，想着父亲矫健的步伐能够再疾走如飞，暗地里一个劲地催他，快些快些，就怕那纸里包的不是腐乳饼，而是快要融化了的冰棍。

父亲终于把纸包轻轻放在我的面前，面对着突如其来的美食，我反倒有些不知所措。纸里那腐乳饼的可爱模样似乎全现在我的眼里，就连那原本的香味也隐隐可闻，就听父亲说了一句："吃吧。"我才突然醒悟过来，迫不及待地撕开厚纸，拿起最上面的那一块小小的腐乳饼，贪婪地放到嘴边；却又不急于往嘴里送，先是从鼻子底下经过，让鼻子深深地先探一探，体味一下它难忘的可口的香味，再吐出小舌头小心翼翼地试了试，那久违的、熟悉的腐乳、肥肉味一股脑全齐全了。那可真是肥而不腻、香韧可口的小美食啊。

第二辑　怀念如是洁白的雪花

郑素亮《丑匾》中的老人

读郑素亮散文集《丑匾》，总有一个睿智、豁达、清廉、正义的父亲的高大身影在眼前晃动。

常常在报刊诸物读到郑素亮的文章，很亲切。尤其是郑素亮先生常常在他的作品中写到农村的人物事，读起来更平易近人，屡屡引起读者共鸣。

因小时在乡下生长的缘故，所以，当看到"水乡的子弟，很小就学会游泳了……有时裤衩挂在浴室的墙上，被风吹走了，没裤穿，想回家是很难堪的""跟在犁后抓泥鳅……"（《村中纪事》）；"我急急忙忙地走到池边，捞起鸡笼，临到水面，一条肥肥的鲢鱼便乱窜乱跳了。我看看四周没有人，扯下一片芭蕉叶，盖到鱼身上，提着笼回家了"（《冬天的故事》）；"一个老者站在桥下的水中，左手托上一顶竹笠，底朝天，低头伸手在桥下摸，摸一阵就摘了一把木耳，放在竹笠里面"（《黑木耳》）这些细节时，总是令人会心一笑。这也是乡村小伙伴都曾有过的经历啊。好文章需要细节，细节更离不开对生活的细微观察和用心积累。郑氏热爱生活、体味生活，而且善于抓住生活情节的亮点由此可见一斑。

读完郑素亮散文集《丑匾》，总有一个睿智、豁达、清廉、正义的老父亲的高大身影在眼前晃动。作品中不经意浮现的父亲形象，在潜移默化地积沉在你心里,直至高大和灵动起来。诚然,郑素亮很多游记中的时间和地点都被有意识地淡化,但这并不会削弱它的可读性和精彩度,相反,让人体会到作者的良苦用心。这种独具匠心的写法与做法,无疑会令读者产生一个印象:作者能够有如此大的胸怀与自然保护意识,一定是离不开"父亲"的言传身教。一个可敬可亲的老人影子,从书里走了出来,投射于作者,甚至读者身上。这是郑氏文字的魅力,更是铿锵正直的"父亲"留给后人的影响。像《水晶记》,作者显然为了保护身边的生态环境,让读者只能沉醉在书本里面,自顾自地遐想,而根本无法得知如何去到目的地探索,作者真是用心良苦,以现实的行动去体现老人是一个不折不扣的环境保护者,而老人的后人正在延续发扬着他老人家的优良传统。

毫无疑问,作者的现实的一举一动、包括转化为文字上的思想主流、引导意识,必受于他那一个身体力行开山造林热爱公益事业的父亲的影响。《父亲》中写到,桑浦山三四十年前,到处是荒秃一片,是"父亲和他的伙伴们,带着乡中父老的期待,上山开荒,修坑筑坝,栽树种果。"下雨天更是"父亲和他的伙伴们最忙碌的时候",有人劝天晴了再种,父亲答:"晴了能栽活吗?"寥寥数字,兀显出父亲性格耿直、坚毅、豪迈、智慧、勤劳的一面。《我家的井》更是让人读到了作者父母亲纯朴、乐观、热情的生活模样,助人为乐、予人方便、造福一方是他们做人的宗旨。《清园》一文中,父亲告诉大家"留壮去弱,存优淘劣,伐密保疏,扶新除老"的道理,既是农家耕种常识,又是社会的生存原则。像这样浅显朴实而又饱含哲理的父亲的话语,在郑素亮散文集《丑匾》中俯拾皆是。

作者十一二岁上山给父亲送粮时偷吃荔枝的情节在《父亲》和《父亲的眼神》中均有提及,后者描述更生动翔实,特别是父亲的责备训斥"我是这样教你做人的吗?"如晴天霹雳,响彻云霄,给读者留下非常深刻的印象。"后来我才知道,我偷吃荔枝那天,父亲已主动将自己当天劳动的工分扣去,作为赔偿了",所以,"每当我想入非非时,我便常常想起父亲那慈爱而严厉得令人悚的眼神,想起幼时那刻骨铭心的一幕"。儒家说"积善之家庆有余""福有福报",佛教说"福不唐捐",父亲以他的人格

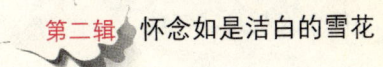 第二辑 怀念如是洁白的雪花

魅力在潜移默化中影响了一代又一代，父亲让晚辈明白做人的道理，而父亲本身的品德就是留给子孙们的一笔永不磨灭的财富。

郑素亮寥寥几笔，轻描淡写，不着重墨，如素描速写，却生动地勾画出一个"对人宽容，对己严谨，对子女要求严厉"的潮汕长辈活生生的形象。灵秀的山陶冶了父亲的性情，使他如大山一样刚毅、挺拔、质朴、长寿。父亲——这位乡里人口里尊称为"老利场长"的老人，虽已骑鹤西去，却留给我们一个宽大结实的脊背。再一次重读《丑匾》，从郑素亮文章的字里行间，清晰地读到罗中立的《父亲》，朱自清的《背影》……这是一名值得我们骄傲和敬仰的老人。

悲伤可以自行料理，快乐的滋味如果要充分体会，就需要有人分享才行。
——马克·吐温

每个人都是花色的

狂野心魂停在午夜声音里

某一夜听小 W 讲萤火虫与小雪的故事，忽然发觉，都市中还存在感动。关不掉的收音机，让故事传说下去……

一、此马非凡马，房星本是星。

人应该诗意地栖居。海德格尔说。

可是我的思绪全乱了。要做一个高尚的人，我这样对自己说。女子们一阵狂笑。

二、田家少闲月，五月人倍忙。

小 W 在某广播电台当晚间节目主持人已经多年，她不是我们熟知的那个大牌歌手。但是她的艺名跟那个人相同。

听说小 W 也会唱得一嗓好歌——一直没有机会听到。只有在静夜的时候，偶尔开收音机，听到她的声音，你就会把思潮放开，然后想，这样的人，这样的嗓子，有什么不可能呢。

一切都有可能。你所能想的，所能想到的，全涌上来了。

张惠妹说，别让昨天在你伤口狂妄地撒盐。昨天已离我们太远，我只想握住阳光的今天。但她的世界，印象只是午夜。陈明说，你永远不懂我伤悲，就像白天不懂夜的黑……

三、夜中不能寐，起坐弹鸣琴。

静坐在黑夜里。

夜已离开了世界，世界一片黑暗。

孤寂。

今夜的寂寞让我如此美丽。

或许她真的是黑夜的一朵玫瑰？

夜是否也给了她黑色的眼睛、好让她去寻找诗意中的那份光明？魂被电波击停在午夜的那把声音里。

夜的黑与月的光在交错。只有电台的那把声音，仍在不知疲倦地轻轻哼唱？——难道真的会有那么一首老歌，也让你跟着轻轻地哼？她或许是据守自己符号的先行者。现实中需要坚守的东西，或许太多，或许正在慢慢从每一个人的手隙间流走。因为她的个性，在不经意中，是否跟她的才华冲突？曾有一位认识她的朋友，感叹有才华的人的理想被现实同化时感到刻骨铭心的痛。一部分人在怀念某种精神深度，像西西弗斯一样，将石头努力推上山顶去，明知道石头一到山顶又会自动落下，还是不休止地往上推……

就像关不掉的收音机。何等悲壮。何等非凡的毅力与勇气。她在念听众的来信，她在推介每一本新书，她在讲述人与人之间的故事，她在随意地脱口漫谈，她在滔滔不绝口若悬河地表现她的犀利，一切的一切看起来是那么漫不经心。好像又是一件不关自己的事，却每一件总与自己相关。

已经没了往昔的狂妄，至少，大部分人惟是。那么，那又能怎么样？还能逃走么？还能离开这个黑夜笼罩的境地么？又能逃到哪？思想领域被夜融化，无法展开，停止思虑。

黑暗里，静听那个声音，灵魂停止跳跃，只有思想跟着她走，慢慢、慢慢地。

四、朱门何足荣？未若托蓬莱。

水这东西，越来越假了。无法看清。

每个人都是花色的

城市需要这种音响。高不及天籁吧，但俗女凡男们，纸醉金迷的痴迷，无法抗拒。声若水，就算它假，难以看清，但需要。

人情冷暖，不变的声音，透射出感性的意念。某一夜听小W讲萤火虫与小雪的故事，忽然发觉，都市中还存在感动。两个异地的女性，因为竞赛走在一起，因为决赛成为好友，至此信件不断，在言而无信的当代，她们竟能不合时宜地保持自我。那份友情，弥足珍贵；那份真挚，令听众感动而且羡慕着。背景音乐是伍佰粗野的声音：那里湖面总是澄清，那里空气充满宁静，雪白明月照在大地……

故事感人，演绎者不动声色，听众的心情被揪鼓起来。她让友情刻在午夜的听众心头，像温柔的月光照在夜里的每个角落。床前明月光哟，疑是地上霜。

夜的喧闹声似乎还在耳边浮响，舞台晃动，应该怎样去面对明天，这总成了静夜里一道苦味的揪心菜，没有了下酒的佐料，口中索然无味。

哭吧哭吧不是罪。就怕哭不出来，流出的只是血，一滴心头的血。心头的痛痒痣。非关风事，非关月事，不堪！往事知多少？

天凉好个秋。那过去的一切总是在思维中狂长。她不想打开回忆的闸，就像怕打开摇荡已久的香槟一般，偏偏那是没有一点甜的滋味。或许总有些不如意的地方，黑夜里好像见到一位高者说，你可以远离一下喧闹的杂市，你可以走到深山老林里去，可以跑到海边去。大隐隐于市，如果你能在熙熙闹市中看清自己的心，把握自己，那是高境界。

是否刻意制造？是怀旧？抑或新潮？一时时空交错。张爱玲披着那袭华丽的袍独自聆听夜猫跳过屋顶的异响？她的节目，感性与理性全包含了。

五、叶叶复翻翻，斜桥对侧门。

月光。

喜欢听她没心没肺地讲"有故事的人"。或者你可以伴随着蔡琴的歌声，如品一杯淡香而余味的茶，在清淡的孤独里，看别人与别人散失在人群里的感觉，看别人的背影消失在风尘里不见。就像任何一个不关于你的陌生人一样离你而去一样，仿佛永远也不会有心痛。

但小W知道，这失散令她怀念他——城里的月光把梦照亮，请温暖她的心窝。

看惯了人间聚散，能不能多些快乐片断？

爱情不再。所以，她的语气，有些冰冷，有些冷酷，有些无情，几近冷漠。

她知道，那个本来应属于相逢的时刻，却只有独自面壁的凄冷与零落。狂舞的蝶儿落泪了，潮湿的翅翼失去了最后的力量，垂落一隅。蔡琴在《蝶衣》里说，被你轻轻揭去我那美丽的蝶衣，从此不再飞翔，只为你只为你美丽。

不再飞翔。

月光如水，是阳台上的月光，窗外的月光，不属于此时此地同一心情的月光。昨天与今天是如此不同啊，凭什么说今天是昨天的延续呢？

我——一名普通的听者，只是跟她认识罢了。而又没什么故事可讲。她在说别人的故事，平平淡淡、若无其事，像说一件非常遥远而不关自己的事。于是关了收音机，走上天台，却发觉，那月色是把剪刀，把人的心都剪碎了。

六、雄发指危冠，猛气冲长缨。

从明天起，做一个幸福的人／喂马，劈柴，周游世界／从明天起，关心粮食和蔬菜／我有一所房子，面朝大海，春暖花开……

感伤是淡淡的乡愁与情丝。听众的感伤，最致命的是配上那舒缓的乐曲，像在诉说昨日重现，没有撕心裂肺的淋漓痛哭，没有不安的躁动，只是说，孤独与寂寞是我最好的朋友，来与它们对坐！"夜风吹，我和影子共陶醉，沧桑属于过往，我有我的影子陪伴。夜风吹，寂寞也无所谓，我和我的影子游游荡荡……黑暗中只有我独处，我听见我的心在哭泣，如此遥远如此清楚，我听见我的心在哭泣，像孩子一样无助！"小W不会讲自

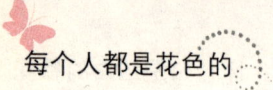

每个人都是花色的

己的故事。但听众会听。

生活和工作总有这样或那样不如意的地方。只看你如何解读。

逃避的人总是脆弱的。

七、双兔傍地走，安能辨我是雄雌！

太多的磨难，已经让我们学会笑着去承受。常怀一颗感激的心，让我们去期盼美好的未来。小 W 以刘师兄的同事及我一位文友的师妹的身份，生活在我们身边。她的声音曾经是那么缥缈而坚定，不知她的双重身份什么时候能够归一？……

做一个生活的强者。做一个高尚的人。尽管话一出口，她就大笑起来。但我还是坚持我的观点。像我这样的人已不多见，为什么还不坚持呢？

夜的游灵与印证总是相通的。静静忆起，昔日那个躺在乡下那张铺满稻草的席子上听风听雨、听它滴落在竹篷上的响声的少年，能否以那份心情，继续躺在静夜的旧屋里，聆听小 W 主持的午夜节目？……

关掉收音机。

一个人的街头。雨夜、月夜、黑夜，微微独醉，随音响鼓噪耳膜……

人生天地之间，若白驹过隙，忽然而已。

——庄子

第三辑

采撷忘川之上桂花的幽香

自古以来,桂花就寓意着吉祥和友好。战国时代,燕、赵两国以互赠桂花进行友好往来。诗人李白也有"何以折相赠,白花青桂枝"的句子。盛产桂花的少数民族地区,"一枝桂花一片情,桂花树下定终身",青年男女就常以赠送桂花来表达爱慕之情。

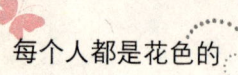

每个人都是花色的

杜鹃花

近节的喧哗过后,街头却是一片繁乱。花叶花瓣落遍地,久久不见有人打扫。过了春节,垃圾堆里多了几些杂沓草,细看有的还是喻爱情忠贞的杜鹃花。

最早见到比利时杜鹃花是在几年前的广州街头。一位女朋友说刚好想春节回家捎一盆花送给她母亲,我想难得她对阿姨这么好,就掏钱替她买下。

现在想起来觉得很贵,很亏。小小的那一盆比利时杜鹃花,花贩子要了 68 元。不过刚刚出现的时候我们也不知底细,总觉得那是一份心意,为了给远方的阿姨送去,也蛮有意思。

花的样子倒还是杜鹃花,叶却有些不同,株儿也低矮了很多。我很惊讶于粤东揭西一座山里,每到春季,漫山遍野全是红的黄的世界。游人如鲫,还有很多人写诗应合,他们都说杜鹃花给了大家美好的享受。待到山花烂漫时,它在丛中笑。似乎花给人带来好处都是应该的,它的开落却无须过问。

韩国世界名剧《春香女》里面就提到杜鹃花。南阳原名妓之女春香被官家公子李梦龙看中,玉箸着金花,了却李公子三生之愿。本来就是好事多磨,李公子父亲怎能同意?老头子刚好接到京城要求返职的命令,把李公子也一并带去。

临别之时痴男怨女免不了一番苦诉。潮汕戏剧《春香传》中《爱歌》与《别歌》唱得荡气回肠。春香再三叮咛嘱咐李公子，到了京城别忘了南阳还有个春香女。李公子也情深深意切切不忍离去。

却不料李公子走后，南阳调来新官长，强抢春香不成，诬其下狱……第二年春，就要处斩春香，她在狱里对着前来探监的母亲唱着："待到明年今日花开后，别忘了春香坟上插上金岱莱……"她的意思是始乱终弃的李公子恐怕早已忘了春香，想当初与今日，"始乱之，终弃之"。李公子恐怕早就做了韩国版的陈世美了。不料到了第二天，临上刑场，却有人来了。

还真是李公子呢。做了大官，斩了恶官，救了春香。

金岱莱在韩国成了男女对爱情忠贞的象征。在我国，金岱莱就叫杜鹃花，也叫映山红。

世人有多少能做到跟李公子一样不"始乱终弃"呢？

我却发觉，不仅是广州的街头，别的城市的街头，一到春节前就摆满了比利时杜鹃。买的时候兴高采烈的，一盆10元、20元，多点的三、四十元，到了除夕，十元三盆了。

街头喧哗的过后是一片繁乱。杜鹃花叶花瓣落遍地，久久不见有人打扫。

过了春节，垃圾堆里多了几些杂沓草，细看有的还是喻爱情忠贞的杜鹃花。

你热爱生命吗？那么别浪费时间，因为时间是构成生命的材料。

——富兰克林

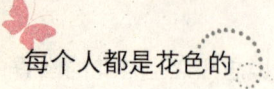

每个人都是花色的

百合花

白的黄的金银花与纯白的茉莉花开满钵,那香味每天总能引来很多的蜂蝶。百合花却仍是静静地站立在那里,一点也不去宣扬。

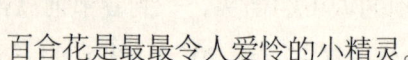

百合花是最最令人爱怜的小精灵。

一位旅者跋涉到山谷中,正当他疲惫不堪地坐下来休息时,却突然发觉,那山谷里的星星点点,白影晃晃,处处是盛开的野百合!悠悠风儿吹来,那暖暖的花香让他如酒醉。

这使我想起一些好人,他们总是能给别人带来快乐,在别人最伤心最难过最疲惫最失落的时候给人带来力量。怪不得《圣经》里面也这样说过,良人,你是山谷里的百合,你是沙漠中的红玫瑰……它的寓意大概就是说这样美好的东西给人带来的惊喜感受吧!

百合花大致是白色和粉红色的多吧?或许还有人见过紫色和黄色的。它的样子有些像萨克斯风,当然没那么夸张的啦。花蕊免不了带一些粉粉的东西,有时一不小心碰到它就沾上。

有一次天台上的一个空土花盆里突然长出了一棵像小剑兰一样的绿芽。母亲很自信地说是鸟儿衔来的种子,父亲却说应该是他那一天路过朋友花圃里从那儿弄来的土,没料到土里有这样花儿的种子。等到它长大以后，我更加肯定它就是百合。平时买百合花大多只是拿它的花与一枝不算长的柄，那有见过整棵的呀。看着它在盆里慢慢长大，心里高兴极了。

这是去年百合花第一次到家里来落户了。记得它在元宵后才逐一开放，整整开了9支。它的花蕾有些像鸬鹚鸟合起来的嘴，又大又长，中间鼓鼓的。似乎在不经意间，啪一声它就挣开了。最先开放的那一朵很耐时日，等到第9支羞答答姗姗来迟怒放的时候它才慢慢慢慢地萎缩。

我把这盆花照了下来，可惜用的是傻瓜机，效果并不理想。

因为有了这第一盆百合花，花香宜人，花容可贵，父亲竟然一口气买来三盆，放在客厅里，也算是物有所值。这样有时轮流搬上天台去给它湿露晒日，而客厅里与楼下的前后走廊总是少不了。这样就让百合花儿的香气飘满每个角落，倒也有"一气呵成""气贯长虹"的感觉了。当百合花在春季里盛开的时候，天台原本喜夏的金银花和茉莉花竟也不甘示弱地怒开着，一时成了佳景趣闻。

白的黄的金银花与纯白的茉莉花开满钵，那香味每天总能引来很多的蜂蝶。只有百合花却仍是静静地站立在那里，一点也不去招蜂引蝶。

最后几天百合花都凋谢了。算算那最末的一朵是在农历5月17日完成使命的。花谢后父亲细心地进行了修剪。几天前我过去看的时候，发觉在百合花根边分出了几个小小的尖圆头，样子像极了蒜头。

父亲看着它们，得意地说，别小看了这些像蒜头的物件，今年冬季，就可以分盆埋种了——果不其然，现在的这些"小蒜头"，早已被父亲浇水施肥花长得探出头来，绿意盈盈地笑着。看来今年春节又是满盆花开了。

生命，那是自然会给人类去雕琢的宝石。

——诺贝尔

每个人都是花色的

胡姬花

有一位姓胡的小姐儿喜欢给自己取笔名叫胡姬,我说不好听,她却不理睬,看着她一脸陶醉的样儿,我也不忍心跟她急。对于这个喜欢花儿喜欢到连花儿枯萎都能看出干枯的美丽来的人儿我一向是畏惧的。毕竟人与人之间的审美观不同。

　　胡姬花很早就知道了,当然不是从花生油更不是从油漆上得来。我不仅知道胡姬花是兰花中上品之一的音译,也是新加坡的国花,而且还知道在中国,胡、姬、花三者都是姓氏。

　　每次看到胡姬花,头脑中第一个反应就是恣容宝贵的宫廷娇妇,至少也是富人家里的少奶奶。那是因为它的艳它的色它的状它的不俗。何况它还有一个富贵少妇的名字。

　　我不敢说花解语或者人解花语,但每次与胡姬花对视的时候我总觉它在向我轻启朱唇。

　　有一位姓胡的小姐儿喜欢给自己取笔名叫胡姬,我说不好听,她却不理睬,看着她一脸陶醉的样儿,我也不忍心跟她急。对于这个喜欢花儿喜欢到连花儿枯萎都能看出干枯的美丽来的人儿我一向是畏惧的。毕竟人与人之间的审美观不同。

其实罂粟花同样是美丽的，可是我却嫌它的轻佻与虚伪。看着美丽的它我却总感觉那是它在引诱人们去犯罪。可是胡姬花却不同。我觉得她是在和我倾诉一个故事。尽管这个故事有些些哀怨和淡愁。铁蹄铮铮兵马乱，老大嫁作商人妇。纵有财宝千百万，夜夜孤芳自赏，有谁解得花中语，纵有花容月貌，闺中只独看。那是无奈与悲伤的黯然神伤。这真是明珠暗投，涅土埋玉，媚眼错抛。我想起了杜十娘董小宛柳如是颜如玉陈圆圆……但我更多的时候是想起李清照。尔后，我又想起了蔡琰蔡文姬。

三国纷争，北方烽火连年不断。蔡琰，蔡邕之女，昔年被北方强人掳去，于北地生下二子，因极度思念故乡，况北地粗人野蛮鲁莽，少有怜香惜玉者，蔡琰凄婉哀怨，乃作《胡笳十八拍》。曹操早闻文姬才情，深怜之，乃命人入北地赎之归汉……

我不知中国人是不是为了纪念蔡文姬，才将兰花音译得如此富有人情味的？换一句话说，我并不知道胡姬花名是否从蔡文姬与《胡笳十八拍》得来的？不甚清楚，我希望是。

节省时间，也就是使一个人的有限的生命，更加有效，也即等于延长了人的生命。

——鲁迅

每个人都是花色的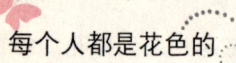

紫荆花

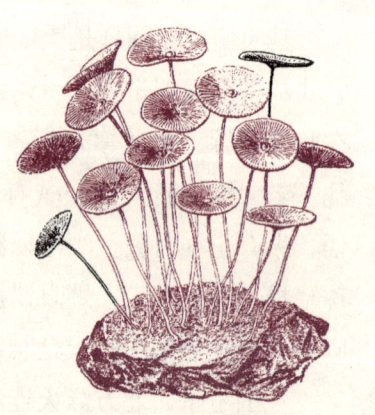

今年羊城的紫荆花太早就凋零了。遍地是花瓣的世界,让人不忍卒踏。人事本无常,年华去复来。大自然的存在,不是为了给人肆意践踏,而是用来敬畏的。

  紫荆花多得让人晃眼。广州,一个叫"花城"的美丽城市,因了默默无言的小云,让我在闲静时忆起。她的一份伤感,在午夜诉说起了遍地落英缤纷的紫荆花。

  电话那头,小云忧伤地说道,今年羊城的紫荆花太早就凋零了。满地是花瓣的世界,让人不忍卒踏。人事本无常,年华去复来。大自然的存在,不是为了给人肆意践踏,而是来敬畏的。

  春只是一种试探,却已被人为渲染得遍地狼藉。落英满地,紫色满眼,一个个小精灵无语地安眠于大树母亲的身边。提早的季节,总是如此令人心痛的似秋!一点点紫色的花瓣间夹杂着刺眼的金灿灿的黄色,那是它的叶。不该出现的东西以无声的方式在向人们宣示,不和谐的迹象是遗弃世界的警言。

  春的轮值被人为地缩短甚至排斥了。夏被无限延伸拉长。曾经的秋日絮语,只是梦里的一幕,或是落叶对根、对大地的呢喃细语,它的温柔让人心碎。难道是天凉好个秋提前到来了么？难道是爱情的果实盛开在炎炎夏日下么？难道是无限的思念转化为飘零的落叶向心爱的对象倾诉么？这毕竟才初夏呢！

一切是速成？网络如同渔网，将网游者一网打尽。时光熬不过网速，什么都是讲究直奔主题，季节的跳越，如无形的网满天撒下，让世人束手束脚，动弹不得？立足局外，冷眼观得，却是有人自投罗网、作茧自缚、甘于沉溺……

捡拾起一片落叶，并非虫洞，只是污染之后的枯黄。如果明白大地污染气温爆升，如果看到家家户户都安上空调机只求自己一时的凉风快意，如果触目惊心人人都不注意环境保护乱扔垃圾乱丢杂物乱砍滥伐……放慢年轮的步伐，去审视今年的阳光何来比往年更妖更野？去考究广州的洋紫荆何必舍此落叶以求自保？人们呐！答案只在你心中。

更是"后天"。后天是没有人的后天。包括人的感情——爱情，友情和亲情。那时，纵使全地面覆盖的全是金灿灿的黄，又有谁欣赏得到呢？一片紫荆花瓣可以窥视明天整个世界。一片落叶的到来如初生婴儿捏紧粉红的小拳头悲愤地啼哭……

多么可怕。但愿它是信使，花来邀约时，你我皆能欣喜承受。2004年7月12日晚20：03急就于惊悉广州街头满是紫荆花落。

>>>

生命不可能有两次，但许多人连一次也不善于度过。

——吕凯特

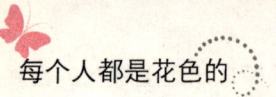

每个人都是花色的

非洲菊

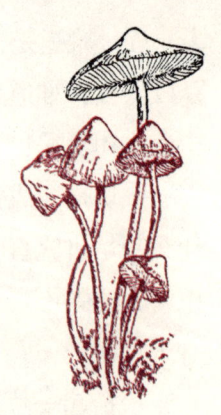

非洲菊的亮度是令人惊讶的。它的红与黄相间相渗,冷暖宜人。每一朵就是一个太阳。我常常想着如果把这个小圆盘贴在脸上,那该是多么温暖呀。

有时握着它的枝柄感觉就像回到了童年:手中的非洲菊成了令人垂涎的棒棒糖,拿在手里,心里总是满满的踏实。

我怀疑它与向日葵花有什么暧昧关系。花的样子实实在在是菊呀,但它却不仅有菊的艳丽色彩与君子气质,更比菊坚毅而不阿。它的瓣不像菊那样黄瘦,用手轻轻拈一下总觉它很饱和,却又嫩嫩稚稚的可爱。

非洲菊的亮度是令人惊讶的。它的红与黄相间相渗,冷暖宜人。每一朵就是一个太阳。我常常想着如果把这个小圆盘贴在脸上,那该是多么温暖呀。

非洲菊没有凡·高笔下向日葵的奔放强烈,它的中庸却使人向往。非洲菊没有秋菊那般绚丽多彩,它的凝重却令人肃然起敬。每一朵非洲菊背后,都可以传来秋风烈火中那铮铮的铁蹄之声。每一朵非洲菊背后,都会延伸出一段段庄严壮烈的故事。每一朵非洲菊背后,都能够牵扯着有心人的眼光。

其实后来我才明白一位友人所说的,她为什么看到中国文字后能产生

第三辑 采撷忘川之上桂花的幽香

奇特的反应和心灵激荡——美的东西自然需要人们用心去观察的。她的文里所提到的玫瑰，有的枯萎了还保持着异常的魅力，就算被人压制成玫瑰花茶，还是要放射出昔日的异彩和散出淡淡的花香。

有了这些辅证，你就不难想象，我的一位外国友人，在广州先烈中路突然看到那一捧非洲菊时，脸上是一副如此惊喜的表情，并且大叫一声狂奔过去了。

——就像有些人一样，虽然不再出现，但乌云还是无法遮挡他太阳一般的亮度和非洲菊一样的品质。

而那些读懂了文章含义的人，更是惊讶文字的魅力；懂了非洲菊的样子之后，每当看到这三个字时就想起了那人，那事，那太阳般的非洲菊。

盛年不重来，一日难再晨。及时当勉励，岁月不待人。

——陶渊明

每个人都是花色的

水仙花

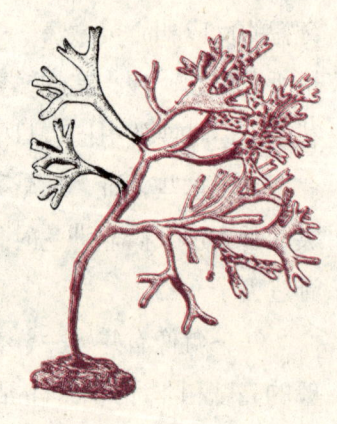

每当看到水仙花在春节后被人扔进垃圾箱里,心就一阵阵发抖。多数花儿凋谢之后,就被人家始乱终弃。始乱终弃啊,人类骨子里的劣根性。

古希腊神话中,尘世间有一位翩翩美少年,许多女神都爱上了他。一个女神向他表白后却被拒绝,女神因爱生恨,诅咒美少年将会爱上他自己……后来美少年在河边喝水时看到水中自己的倒影,狂热地爱上自己,天天流连水边,对着影子自怜自怨。终于有一天,他失足溺水,变成了一株水仙花儿。这样,他就生生世世与自己的影子相伴了——题记。

不给你酒,是怕聪慧的你定会识破我的阴谋。

不让我醉,是怕我醉去之后,也会跌落水中。

水仙花儿的香气是诱人的。南方的人家总喜欢它盛开在元春佳节。我曾悲哀地对小丫说过,给我酒吧,让我醉倒在水仙花的香味中。小丫大笑,她说你别把我当成阿芙洛狄儿,万一你醉去的时候,我也不会用我尊贵而圣洁的眼泪去滴到你脸孔上,更不会让你在梦里使自己变成一朵水仙花。

原来小丫也是知道古希腊神话的。她以阿芙洛狄儿流下的泪水变成了红玫瑰来回我的水仙神话。"为什么还要爱呢?"就像我引用这一句时,她马上就能回应我"神未必这样想"一样。那是鲁迅按母亲之命娶了朱安之后,面对女学生许广平的爱情所引用的英国诗句。热爱文学的朋友在身边鼓励着你,水仙花的香气一般浓得化不开,能不高兴么?

"水仙娃娃,请到我家。爱喝清水,不吃泥巴……"家里每年都要养水仙花的。大约是每年农时十一月就有人从福建捎来几小箱水仙花头。我不知道福建人是如何保养水仙花的。看着全被泥泥块块涂个严严实实黑不溜秋的样子,实在很难联想到那落落大方、盈盈出水、清香可人的花儿。父亲每次接到水仙花头总是笑呵呵的,一定会开心好些日子。接下来全是他的活,分批送人;给水仙头去泥除壳,再送人;帮亲戚朋友将水仙花种进花盆里,再送出去。忙得不亦乐乎。

水仙头剥好之后,就要看好日子下水了。而水的温度也是很讲究的,记得有一年太冷,父亲半夜还起来开暖气给花儿叹养。等到叶片长出来后,就可以移入花盆里了。注意花盆里放的是水而不是泥土,至多也只能是洗干净的沙子。因为沙子还可以起到加固水仙花根部的作用,对培育水仙展示花艺有用处。

有工夫的就三五天给它换些清水,想让它在正月里开放就得好好掌握天气温度。除此之外你就耐心等着瞧好啦。

初绽的水仙,香气已经扑鼻而来。正月里把一两盆盛开的水仙花置于客厅里,满室生香。既增添了节日的喜气,也让来拜年的亲戚朋友啧啧称赞,没种上一两盆的便大喊明年自己家里一定也要添些水仙花。

花的好看,不仅能美化环境、赏心悦目,还更因它的阵阵香味,使人心旷神怡,精神一振。水仙花既能赏目,也能养神。

不过,世俗之中,能够真正懂得欣赏与珍惜者,又有多少?真是物以多为贱,水仙花这希腊神话中的美男子大概在南方并不稀有啊,所以每当看到它节后被人扔进垃圾箱里,心就一阵阵酸楚。多数花儿在凋谢之后,就被人家始乱终弃。始乱终弃啊,人类骨子里的劣根性。对于水仙花,我也曾有过踩车将它带至沼泽地上去的念头,让它在水之畔、泽之润里,郁

每个人都是花色的

郁地生长，葱葱地繁荣，然后会有小蕾长出，花瓣绽开，那该是多么美好的一片清雅啊。

只是，现实之中，我只能偷偷地把它的残叶去掉，悄悄把它的头埋在其他一些花盆里，可是这根本没有用——没有合适的水泽泥滩。父亲知道我的秘密后也从来不说我，只是静静地在一旁除他的草。

我知道，水仙花没有在江河边的那种气候与水土，种在花盆中它根本就长不大，更不会开出美丽和香气迷人的水仙花来。最后，看到朴实一些的人还会把它丢到江里海里，那就是它的最好归宿了。我相信，它的花魂得以延续。

生命，只要你充分利用，它便是长久的。

——塞内加

第三辑 采撷忘川之上桂花的幽香

游戏年代

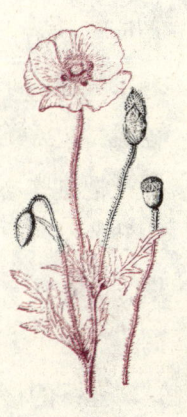

我请小丫有空再玩一玩游戏,她沉吟好久,半天,回我两字:无聊。我倒!我只好将"大富翁"游戏第一代拉进收藏夹里,没事的时候自己一个人,头戴竹笠,脚踩一辆自行车行走于乡郊之间,在夕阳下独自品味阿土仔的快乐。

  1997年,我和小丫在没夜没日地玩大富翁的时候,周围许多朋友已经成了现实世界中真正的大富翁。不过我们还是乐此不疲地沉醉在虚幻的天地里。而且我总会忠贞地选择他——没错,我会毫不犹豫地选择那个头戴竹笠、脚踩单车到处乱跑的穷小子阿土仔;小丫偶尔也会选漂亮的孙小美,但每次只要她一选孙小美,她就成了我的手下败将;小丫不甘心,就要求另选戴安娜,一个炒股、买土地非常拿手的女人,甚至还时不时查你的账,封你的财产,所以就让我不得不小心对付了。

  这么多年来,我始终坚信大富翁第一代是最耐玩、最好玩的游戏。不然我和小丫也不会每晚都对打到天光光。有时刚玩到凌晨三点多,小丫就感觉大事不妙,她就想找借口撤退或者耍赖。因为同在大富翁世界里的其他坏蛋,要么不小心掉进臭水沟里被送往医院治疗,要么群殴被警察抓了起来,要么干脆经营不善早早收场。

  玩了几圈下来,小丫突然发现,那个毫不起眼的穷小子,竹笠已换成

每个人都是花色的

貂皮镶钻帽,单车也早已换成悍马。小丫所选的孙小美早就投怀送抱,老想去当他的小秘;换成戴安娜的话,还算有志气,不过如果不幸遇上金融危机,也好不到哪里去。戴安娜炒股非常厉害,赚了大把大把的钞票,然后又把这些不义之钱用到垄断石油、房地产业去,连法院也奈何不了她。我就曾试过联名去告她,结果警车"呜呜呜"地开过来,竟然把我抓进牢里,好在我有"嫁祸卡"和"赦免牌",第一张卡也不敢乱用,不然嫁祸到小丫身上,她依然借着财势力足,把你的头敲个不停,一直把你打下地狱。老练的话,乖乖先用"赦免牌"算了。再说有机会还可以溜进"黑市"进行交易。小丫会冷笑一声,反到法院提出申请,要求将我和约翰等人的财产一齐冻结。有七八次成功了,我只好坐在一旁眼睁睁看着她把一幢幢摩登大楼轻而易举地买到手。

小丫擅长把别人倒闭后的财物以最低价收购,现实中她也颇喜欢到旧货市场选购一些物美价廉的东西。我发觉小丫从游戏中学到理财方法是在1999年,彼时我们开始不怎么玩大富翁了,白天小丫游走于证券交易场所和报社间,晚上我在书房里用486码字编《细雨梦回》,她在客厅里写剧本。同年底我通过QQ问她,才知她的文学博士学位已拿到手,书也出版了。晕,我还在为自己的博客沾沾自喜。我问小丫,你上来看看嘛?小丫不怎么答我,我问她说怎么不开博?小丫回我两字:幼稚。

我请她有空再玩一玩游戏,但我没提出大富翁第一代,估计她也没记得心上,她沉吟好久,半天,再回我两字:无聊。我倒!末了,我只好将"大富翁"游戏第一代拉进收藏夹里,没事的时候自己一个人,头戴竹笠,脚踩一辆自行车行走于乡郊之间,在夕阳下独自品味阿土仔的快乐。

面条传奇

几个回合下来,面团被拉得晕头转向,全身柔软,乖乖地被拉面师傅玩转于手掌之中,一分为二,二分为四……直至拉成了数十条甚至数百条的面条,百般柔肠,风情万种。

手工拉面颇见师傅功夫。一大堆面团在双手之间不停交换缠绕,被用力拉开,再缠绕,仍是如胶似漆,爱得死去活来。可惜,拉面师傅并不为之所动,还是一招"乾坤大挪移",双掌齐齐排出,"啪"的一声,面团被撞击在桌面上,沾了些许白粉,又弹了回来。如此这般,几个回合下来,面团被拉得晕头转向,全身柔软,乖乖地被拉面师傅玩转于手掌之中,一分为二,二分为四……直至拉成了数十条甚至数百条的面条。

比起手工拉面来,机械面条就直接多了。面团搅拌、碾平、切片、成条,流水线一条龙生产,空气中似乎还多了一点霸气,望着热气腾腾的料水锅,面条一副视死如归的心态,"风萧萧兮易水寒",卷起手袖就往里冲。须臾之间,面起汤落,已成一碗香喷喷的牛肉丸面。相比之下,多了些男子汉硬性,少了手工拉面的万千柔肠、万种风情。

揭东锡场、埔田一带多有手工面,一字之差,顾名思义,面还是那些面,却不一定用手拉制而成。只是在前奏时多用手砸、拍、打、搅、拌、揉，以原料好面，加上一定比例的苏打，不失其软韧香甜。做成面条时，仍是放在桌上用木槌棒压成薄面片，以刀切条，做法明显有别于北方的手工拉面。做面汤也各有不同，简单的就是拿起面条直接往锅里扔，当然锅里的汤水应该先调配好，肉丸汤也好，瘦肉汤也好，鳝鱼汤也罢，油盐味精可先调结，咸淡由人，因人而异，各有吃法。最好是等汤水煮沸后，立即放入面条，稍稍煮开，加入少量胡椒粉、芫荽，上碗即可。趁热吃面条，最是人生一大快事，只见吃得直冒大汗，烫嘴卷舌，"嘘嘘"连声。

在汤水中，面条还算娇柔依人，顺嘴溜舌。一朝入鼎热炒，却就变了样，"乱过炒面"，搅成一团。韭菜炒面、卷心菜炒面、格蓝炒面皆是家常便面，食店也多有此菜式。揭东一带的手工面，也多是以手工炒面著名，如锡场开发区"六合手工面"、新亨大坪埔炒面等。

事头上，菜市场上都有面条现卖，分生面条（适宜做面汤）和熟面条（商家称过油面条，适宜用来做炒面）。生面条还分为大面条和细面条，切工不同而已。买回家去，配料由人，想怎么吃就怎么吃。

人世间，面条有百十种吃法，最简便、最直接的莫过于泡方便面。她温柔地向世人展示她"香、松、脆"一面，也风情万千地向追求者宣言："只要你是白开水，我就等着你来泡。"面条就是以其博爱、伟大的胸怀包容一切，以其不同的美貌吸引芸芸众生，却引来了面包一族的不满。特别是有一天馒头被面条揍打一顿之后，捂着伤口的馒头拉来大哥面包们，怒气冲冲在城中找了老半天，结果在某个角落发现鸡汁面，众面包遂上前一把抓住，痛揍一顿，大骂："哼哼，傻样，别以为你卷了发，俺们就认不出你来了！"……

在我们了解什么是生命之前，我们已将它消磨了一半。

——赫伯特

第三辑　采撷忘川之上桂花的幽香

一同出去

我喜欢与你散失在人群里的感觉，因为我知道那散失的终点是家。我愿意与你失散，只因为这份失散令我更加悬念你——

但你们一同出去，却没有一同回来。

你们一同出去，却没有一同回来。

我喜欢与你散失在人群里的感觉，因为我知道那散失的终点是家。我喜欢看着你的背影消失在风尘里不见，就像任何一个陌生人一样离我而去，仿佛也永不会再聚。

但我知道，我们的路线是同一的。在另一个地方，我会等着你，或者，是你在等着我。为了重新相聚那一刻的惊喜，我愿意与你失散。

我愿意与你失散，只因我不信你会就此走失。我愿意与你失散，只因我信你心中同样存有那一地点、那一时刻。我愿意与你失散，是想知道这分离会到多久多远；是的，我愿意与你失散，只因为这失散令我愈更悬念你——

但你们一同出去，却没有一同回来。

在那个地点，没有你在等着我。而我的等待也在逐渐枯竭。那个本来应属于相逢的时刻，却只有独自面壁的凄冷与零落。我寻找你，却寻不见；花朵却一朵接一朵干枯在我的世界里。

仿佛你就此走到人群中去消隐了。我的悬念也就此没有了方向，没有了依托。那是一种空荡的感觉。那是一种极端无名而破碎的感觉。那是一种恐慌而无以恐慌心痛而无以心痛的感觉。

我甚至不知道去哪里寻找。每一熟悉都带来新的陌生，每一容颜都带着漠然的距离。每一声音都无关于我的等待，每一钥匙都打不开我依依相守的这扇门。那么，我又能怎么样地哭泣呢？眼泪已灼干在期盼与虚设里。时间的分秒在此时也具有了特别的意义。漫长里，我让自己的心情飞舞如蝶，在舞蹈里慢慢地死去。

你的归来并不是灯火辉煌的归来。你的归来也不是风筝断线的归来。你的归来不是散失的完结，而是散失的开始。当你的归来是如此陌生而冷漠时，你的归来就最终确认了散失。狂舞的蝶儿落泪了，潮湿的翅翼失去了最后的力量，垂落一隅。

我怎么会喜欢与你散失在人群里呢？难道我不知道这会成为真正的散失吗？难道我从来没有害怕过吗？难道我在把一片叶子交给你作为信物的时候，我没有想过季节会更改它的颜色吗？还是我宁愿自己什么也不知道，只把你的兀然离去欣喜地当作重逢的开始？……

月光如水，是阳台上的月光，窗外的月光，不属于此时此地和此一心情的月光。昨天与今天是如此不同，凭什么说今天是昨天的延续呢？

你的窗台照不亮我的心灵深处。点一盏蚕豆灯，亮起在海印桥旁那间楼房的记忆，我回不去；就像初夜里，我一人醉在广州街头，身边是支离破碎的啤酒瓶渣，不擅饮酒的我有了造作的表演天地。广州的海印桥下江水悠悠，站在上面观看江水和倒映在江水上面如过江之鲫的行人的影子，你会发觉，日子了无生趣可还必须天天过，而且务必过得好——过不好，就像江面上的影子，要么被风吹皱，要么被船冲走。

江水的存在，也使更多的人有了期待。曾有人从珠江北岸游到海珠区河南，兴奋地举起双臂欢呼，香港，我终于到达了！等到缓过气定下神来，才发觉，原来自己还是身在广州。

第三辑 采撷忘川之上桂花的幽香

历史跟任何人都开了一个天大的玩笑，使你感到一切都无聊而且带有滑稽的成分。明月二路的光依然故我，是你静夜守候的双眼，我明白，等待的归来，是蝴蝶双翼上的泪珠，而你，依然固执地选择站在窗口，望着广州大桥上的车来车往……

二沙岛的小草会在风中摇曳，而那淡淡的紫荆花，却失落遍地。等我第二次归来的时候，你已不在。我寻找你，却不见；你在风中无声的嘶喊，我却听不见。当你明白我会在另一个地方——洛溪新城吉祥路的某一个楼台下面等待你时，你正挤在鲨鱼罐头一样的公共汽车里，往回家的路上赶，手心底是被你攥出汗的钥匙。而我，是被搁浅在黄埔区某条小巷子里的鱼儿，疯狂地寻找小店，只为了回复一下你的 Call 机。

在没有手机的年代，黑匣子成了人们最直接的沟通工具。看到你的留言代码时，我就知道，你搭上车子，准备到菜市场购买晚餐的菜料。但，有了无声的约定，却忘了，都市里，爱情也被掖进油菜花里，成了金灿灿的一朵。无谓的吵闹，无边的等候，无定的结果，无始亦无终。

上帝很慈悲地说：

你们一同出去，却没有一同回来。

人生不售来回票，一旦动身，绝不能复返。

——罗曼·罗兰

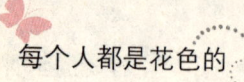

每个人都是花色的

一同回来

当我们一同回来时,我却发觉,我把自己丢失在白天的路旁。我连自己都认不出来,如此的陌生。

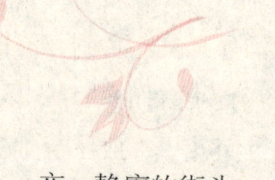

夜,静廖的街头,一个人的世界。因为无话可说,所以要说。

一些无缘无故的事物。一切无缘无故的雨丝,谁在独自哭诉今生的错结。没有人。

渐行渐远,路灯成了异形的物体,睁大双眼瞪着不眠的人,看,这是一个午夜怪客。街市夜景不需要由你构成,车灯路灯宣示着夜间的繁华,而你格格不入,走在陌生城市的边缘,你能感觉出何种优越感?没有,从来没有过。反而,某种厌倦的情绪,总是在不知不觉的日子里纠缠着你。你想逃脱,但现实不允。

时间永远停在夜晚十一点。城市的最后一班车依然没来。我便站在车流滚滚的人头涌涌的街边像一只无家可归的小狗一般可怜巴巴地想着那一扇温馨的灯光。我孤独地走着自己认为清醒的路子。我不敢回头,因为,我知道,奇异的路灯已将我的影子拉长,我走不出这个怪圈。

不行,我反对你的做法。

当我习惯在午夜孤独地思考时,灵魂总是不安分地跑动。

当我们一同回来时,我却发觉,我把自己丢失在白天的路旁。我连自己都认不出来,如此的陌生。我开始紧张地寻找一杯白开水。水在突突突地酿造着它的传说,电源通着我却等不到一杯水。从没。你把自己窝进电脑室里嗒嗒嗒地敲打着你的达达主义。我把自己塑在街头的影子拉回来,贴在墙上跟自己对话。我空着肚子把稀饭冷菜重温一遍。你却拒绝物质进入腹中,自顾让思想从指尖流出。门已关上。

你走出来,拧开水龙头。衣服就在水龙头下面。自己动手吧。水龙头下面。没有白开水,只有自来水。水流哗哗哗像电流一样击触着我的耳膜我的心窝。苦丁茶其实并不苦。汗水滴下去当然就有点苦。一件很美的事从早晨出发,我与你彼此走上白云山,然后我用我瘦弱的风中的身躯把它切成两半,折回来我们又躲在一个角落喝杯茶,吃一小碗菊花豆腐脑。我的心情是高兴的。只是你的黄昏来了之后,你便把你的昏黄的心情压在我身上。你对司机发火,我已开始反对;对服务员发火,我认为你在无理取闹。于是你干脆对我发火,目标一致,火力集中。为了一个无关紧要的观点而突然袭击,我被枪打得千疮百孔。

我还能到哪儿呢?海印桥上的夜景是珠江美图的一分子,站在桥上可以看到一个窗口,但看不到那盏灯光。白天鹅酒店的最顶层的旋转餐厅让你环顾珠江全景却看不到自己的影子。我还能到哪儿去呢?我就像一只无家可归没人理睬的癞皮狗一样呆呆地伫立在车来人往的繁华街头。我迷了路,但我无路可迷。我告别了家乡,但我无家可别。

我和一切有良知的人们害怕了都市的红绿灯。一个男人坐在那里。你就下了车,不,你就杀死了司机。你的怒吼令司机手足无措。然后你笑笑地对着全车的陌生的乘客说,你要离开。但你们不能离开。你更是对我说,你要离开,但你不能离开。你们没有司机,怎么可以离开呢?说着你自己走了。

我像追风少年一样追赶过去。身后是满车子目瞪口呆的乘客。那一刻,车子上的朋友,至少心与我系一处。我却选择叛逃。站在大桥上突然觉得夜色美丽无比。我喝着茶,因为我极度口渴。但我在桥上怎么能喝到茶呢?一只轮船呜呜从我脚下溜过。一个少妇牵着一只狗从我身边经过侧

每个人都是花色的

着脸用温柔而怪怪的眼光从我脖子上划过。我微微笑着。

风好大啊。女人一般喜欢在晾衣服的时候把男人的头脑和身躯一块儿晾在风中。不知上面有没有滔滔不绝的口水或者恶毒的咒语。但我隐约感受到白开水的烫伤力。风不大，但冷。风不冷，但夜长。男人不吸烟，男人不喝酒，男人喝茶总可以了吧？但那全不是借口。也不是车上一个美丽的少女向男人问路时男人热心给予回答而让你生气的理由。夜再长，肚再饿，也该喝些什么吧？不管那搜肠刮肚的茶。我的苦丁茶泡好了，你不想喝一口吗？

你把门关上了。突然很贤惠地炒你的菜。灯关掉！听见了没？有点闷，屋子里很静。没有一切可以让人感觉到存在的微妙声音。屋外无声。月光清淡。我的精神被锁。你知道天才如何发疯了吧？今天，我被解放。就绕了山一圈，但我又回来了。天凉了。但我却找不到回来的路。一切变得苍白。你的家乡的窗台上，月光仍然皎洁吗？你的窗前，有没有一个白衣少年还在让那每一个黑衣深思，抑或那朵茉莉花，依然在散发着淡淡的香味？

你还活着。但你的脑部已死了。活着就是没有意义的活着。天台没风，是你的衣袖起风，把你伟大的精神刮倒。饭来了。这是你亲自为我做的第一次饭，准确来说，也是你从你妈妈肚子里出来至今二十几年做的处女饭。白花花黏糊糊的谁人吃得下？你却故意整出声音来，让我以为饭的可口。你的咀嚼声有点过，它吸引着我，说明我还是凡夫俗子一个嘛。我用笔圈子一个大大的饼，我想用它充饥，但你却不给我画饼的机会。其实意想中的菜太丰盛了。桌上的一包香辣榨菜就有诱人的魅力。但你却故意整得五花八门，让白天的吵闹变得淡而无味。

有点热。因为我们彼此激动。何况，谁让你口渴？谁叫你在阳光下烤了一秒钟？谁叫你一口气将茶水全部吞下？谁叫你窝在屋里写不出好东西？电脑是很了不起，它立即就打完了，你的泪水。但你，怎么又想夺走我的笔，让我无法从你身边溜走。一切如此无聊。

音乐死了。一曲已终，你还不想走吗？可是你仍继续。一切。包括你的音乐梦想,你的稀饭。屋里少了一份有人味的声音。我的脖子发酸。因为我俯得太久太累。冷笑。你难道没发觉吗?冷笑!一种酷美的笑容。夜已凉。玫瑰的脸是一层一层的吗?你觉得蚊子多吗?我坐着,睡了……屋子突然闷起来。睡醒时,发觉被你窗门封紧。一切逃不掉。

上帝很慈悲地说:

你们一同出去,却没有一同回来。

时间就是生命,时间就是速度,时间就是力量。

——郭沫若

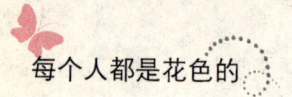
每个人都是花色的

记忆碎片

当镜子从手中失落在地上时,冰冷坚硬的地板迎来她支离破碎的怀抱。没有人能够捡拾起,被岁月卷走的记忆碎片。

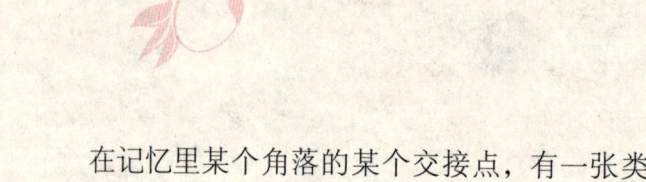

在记忆里某个角落的某个交接点,有一张类似于纸的东西,随风浮动。即使,有人移步而过,也没能,让风帮助卷起什么。

魔在你深邃的瞳孔里发笑。

事物啊,为何如此玄妙。原来你的拥有,仅仅是为了过渡。终于被踩了一脚。却没留意,上面有些什么。往日的碎片,是不是会被你不经意拾起?片言只语,是不是已被你唾弃?为何——这伤口的唇印还在隐隐作痛?你我之间,又有谁知道明天的微笑会不会继续。

一切已如流水般向前漂过。

当镜子从手中失落在地上时,冰冷坚硬的地板迎来她支离破碎的怀抱。没有人能够捡拾起,被岁月卷走的记忆碎片。

歌声在苍茫的路途上缥缈。被人遗忘的琐碎开始泛白。从此人们路过都不知道:在那里,曾有过一分记忆,它已低沉而苍老。即便走过过去,让时间在脚轮中交替。

一个老人在独守那间草屋。没有人愿意过来问候他。狂风刮起树叶,也急急忙忙从他身后逃走。

　　没有空间,可以回到过去自由地切换我们曾经拥有过的自由。唯独你的理由,总是一个堂皇冠冕的音符。

　　在任何青瓦上,踩不出半丁点裂痕。如午夜黑猫,轻灵纵跃。在屋与屋的缝隙中,走过了梦一般的水淋淋。未来,在你的身后;过去,在你的眼前。一切由你的眼睛,变幻异常。警示可以从头再来。你在我的空间,切断零点。我孤冷地站立在零点的街头,断失过去;忘了,回头。

在坎坷的生命里,我们要有超越自我之感觉。

——贝纳文特

每个人都是花色的

失忆断章

你是一滴含蓄的泪珠。千百年以后，艰难地滴落下来。在我心中结成琥珀。其实早已失忆。那个契约，在转世的一瞬间，谁会用心为它烙上印记？

抑或，我曾经是上帝派到你身边的一片羽毛，在你哭泣的时候，能为你轻轻抹去泪水。而我恨自己只是羽毛，当初，在你哭泣的时候，却飘拂在你的上空，无法为你分忧。

你是一滴含蓄的泪珠，千百年以后，艰难地滴落下来。在我心中结成琥珀。失忆的小孩子，寻找三月掉入树丛的风筝，他的礼物，被风扯断，被草扎破，被小狗踩踏。你迟到的挂号信，被人丢弃在某个角落，尘埃封蔽。

蝴蝶停止了舞蹈，鸟儿却还在啾鸣。陆续走过的人儿，望不见熟悉的身影。过往，痛是夜风卷我长发的纠缠。而今，痛是心头被风掀起的一座浮桥。桥在这边，人在那边。

八月挂满草尖的露珠，是你眼中愁结。痛在指尖断翼，轻灵而菲薄。

我不是唯一。在陌生城市街头，忘了从头到底，只是一个望风的人。忘了自己在风中成了一个疯子。陌生城市的街头，没有红绿灯。人来人往车来车往；呆望没人注意。而凭两行雁飞。一个空白的下午，一个无谓等

第三辑 采撷忘川之上桂花的幽香

待，一个无聊的人儿，没有解释。毫无理会。忘却了曾经的同样板本，在风中继续。灵魂在车轮辗转中快速脱离，一万个理由终成墓碑。高山一样屹立在马路中央。红衣的女子箭一般冲出去，一辆高速疾驶的轿车刹住。

其实早已失忆。那个契约，在转世的一瞬间，会有谁能用心将它烙上印记？轮回里的某个约定，今生的相会。成了被人耻笑的天桥。

故作天真的男孩，总是倒撑双手，脚底朝天儿地对着摩天楼下的路人甲狂乱大笑。

杂乱无章的记忆返回到一切没有发生那一天。

突然发现，你站在我身边。

生命苦短，只是美德能将它传到遥远的后世。

——莎士比亚

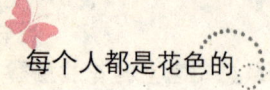

每个人都是花色的

颠乱的广州的桥梁

我开始变得害怕大都市红绿灯。我在桥上渴望着另一盏温馨的灯。不远处传来的缓缓的乐声与急促的麻将声，我疲惫地合上双眼，任凭汽艇激起浪花混合着路人的白眼，溅到我的脸上。

偶尔也会谈到广州的桥。

广州的桥梁也不是很特别，倒是纵横还算不少：珠江大桥、海印桥、广州大桥、洛溪大桥等。

其实，生活中的桥的出现，便代替了以前的摆渡，但还是有人嫌它慢：比如广州大桥、洛溪大桥，就因为车辆的流动量特别大，时不时地车就塞上了。

听说洛溪大桥是广东第二长的桥。我用步行去丈量，觉得它真是不短，前前后后也要了50多分钟。我选择了步行，也不是吃饱了撑着，而是我觉得颇有意思。

走到桥中间的时候，我心底涌起一股悲凉。我耳边仿佛响起了疯子模仿方展荣先生在潮剧《柴房会》中的念白。我想我幸好差点没跟着唱起来，不然走在窄窄的人行道上是最容易被车来车往所扼杀的。我又想起了跳舞:"风之舞"。那是高中时代因为失落而在某个不眠之夜呆呆地在天台上站了一夜的举动,我觉得幼稚可笑。洛溪大桥就把我从朋友的洛溪新城那边带到了另一位朋友"老薯"陈敬典先生的新华南鞋业城这边。

老薯同学表示很理解,他说:洛溪大桥算是由番禺进入广州的主要途径,也是广州的南大门。经常塞车,有时你选择了下车步行也就成了必然。

在老薯这边我说我容易迷惑。这并非谎话。我看见一辆辆车子疾奔而去,后面风尘滚起,我就一阵阵恶心。便摇摇晃晃地有了醉的感觉。老薯忙于做生意,但偷空同我喝上一杯功夫茶还是有的。我就闷闷地想:究竟是有了桥好呢,还是没有桥好?朋友的老婆阿璇正埋头理着货单,突然笑笑说:"没办法。"没办法其实就是有办法,老薯打了一个电话,然后又是通知下手开始进货仓下单,下单的意思就是又要出货。

现代人生活的节奏太快太快,没办法的人只好跟着,久而久之,也就"有了办法"。这是那天我离开朋友的办公楼向天河区出发时途经广州大桥时想起的。广州大桥的招牌写得很标致,但它也不是堂堂正正地挂在收费站中央,而是置于右侧,无论车子或来或去,稍一抬头,便看见了。

广州大桥还连跨二沙岛,是一座造得比较漂亮的桥。每次经过时,只要两侧望一望,便觉得这桥很不错,很有艺术特色。有时在塞车的光景干脆下车走到广东美术馆;有时在夜晚打的来到江边望风景,听露天音乐茶座;有时兴之所致,也会西装革履的进入星海音乐厅;有时也觉得骑自行车的"司机"真的快乐,要到路那边,很快就可以做到,一点也不费劲;可是行人还是那么不乐观,得走老半天的路段才能跨上五羊新城的立体交叉桥。

不过,或许兼之它不远处就是几家报社吧,还觉得这桥充满秀气。也因为过了这桥,我还时时在犹豫:五羊新城的紫荆花还好?明月二路的傍晚,清风与斜阳是否还在午夜梦回的时候浅浅吟唱?

进入市区,往西则还有可能过珠江大桥。不然,返回来,也好,往西南,则是人民大桥、海印桥了。这些桥都不算长,有如海印桥,步行很快就可到达彼岸了。只不过，每天桥上最多的，依然还是自行车、公共汽车。有一个夜晚，说不上为了什么，我只是一个人静静地站着，望着银光闪闪的江水不停地在我的脚下淌过，心中有一种说不出的滋味。夕阳已经西下好久，夜风还是有些闷热，可是我怎么也想不通，别人手中的红玫瑰怎还在微微地笑；原来屋里的墙有些白。开水在厨房里突突突地吐着它美丽的幻想，你从你自己的房子里走出来时，我的肚子已开始空落，但我也已迷了路。我开始变得害怕大都市红绿灯。我在桥上渴望着另一盏温馨的灯，可我还是不小心，丢失掉了金钱，迷失了方向。在不远处传来的缓缓的乐声与急促的麻将声中，我疲惫地合上双眼，任凭汽艇激起浪花和过往路人的白眼，一起溅到我的脸上。

其实，有很多事情在不经意间，本来都是可以转弯的——所谓天无绝人之路，有时类似濒临绝境，却又有柳暗花明之感。只是有时被自己的懒惰性蒙骗而不想去把握，不愿去争取罢了。典型的自欺欺人性质，机会稍纵即逝，好多次都白白浪费掉了。像女的朋友宁霞小姐那边，本有好的介绍，却也因我自己的虚伪与狂妄、迷茫与无知而痛失。

生活中的桥还是不断在增造的，而精神中的交通却仍和人情世事一样难见得好转。在大都市生活，你就不得不学会去适应。有时，桥这东西也很难说清，就像我们的手，伸出去，握住了，心里却觉得慌慌的，似乎还有那么一份隔膜。

但那些连载着友情、爱情、亲情的桥呵，不管车来人往，屹然挺立着，也不管自己身上是否爬满了虱子，还是排放空气污染的大杂车，却如老骥伏枥一样喘着粗气趴在那儿，任能走能动的东西从自己身上和胯下爬过……

日子一天天地过，看似颤乱的桥，似乎都得不到丝毫的苟且偷安。默默无言，随江河水流水淌；笑对上下，任车舟上下狂妄往返而又云卷云舒。

桥在，只是人心自乱罢了。

这也便是常常使我迷惑的缘由。

我以为自己就是猪八戒

责任这东西,还有谁会在乎?俺以为自己就是猪八戒,不就是为了能有二师兄一般的脸嘴,在地瓜面前,能够淡定得不狠命地拱壁么?

曾经,有一枚珍贵的人参果放在我的面前,我经不住口水的流淌,忍不住偷吃了人参果,然后我咂咂嘴巴说,真爽!

我站在一块大石头上,敞开肚皮,竭力扮成猪八戒的模样,自豪地以为自己就是猪八戒,就连思想都跟他保持一致的清纯。可是,MM 我错了。我的体形一向没有那么庞大,我只是脑袋膨胀;我在不停地擂打自己的头部,我怎么看上去,会如此没有脑子,至少在都市的汽车尾气后怎么就失去了脸面。

没有脑袋的人却总喜欢把自己装扮成有脑袋的人。因为脑袋是一个很重要的东西。是的,天若有情天亦老,懂得伸长肢子望月望到流口水的猪哥哥,明白月如无恨月长圆。当有一天我发觉自己成了一只没有脑袋的猪小弟的时候,我才明白我是一个没有脑袋的人,充其量只不过是一只长得像猪八戒的小鸡。

我哼哼唧唧,拱拱嘴巴,耸耸肩膀提提西装吊子把自己竭力装扮得更

每个人都是花色的

像貉獾。

我把自己的前世放在了美女那边，然后想象自己曾是美女系列中的一朵发夹儿，使自己有权力和资格去充当美女们的标志的定义，而且我有狠狠夹住对方发梢的权利。有一天我想当发夹想得发癫了然后把自己的心形发夹叉在月宫里的那棵桂花树上，我想引诱饿狼来偷，抑或，我才有机会去看看清风一缕。

你的决定或许是对的，或许是你的不小心。无论你做出什么样的抉择，我都能为你喝倒彩。那一次，你为了能飞升上天，你独自一人藏在黑洞到天明，让我们男人中的某个男人留在凡间，自此你却留在冷冷月宫里，夜夜想起妈妈的话，闪闪的泪光啊鲁冰花，然后你高唱低吟你的碧海青天夜夜心。

其实吴刚哥也很有恒心的。只是我以为自己就是猪八戒，却忽视了刚哥的感受。刚哥其实是很刚哥的，至少他的儿子可以在尘土飞扬的街头上飞扬跋扈高声大吼，我爸是吴刚！为了达到能够实现儿子这个目标，刚哥不断地砍伐着桂花树，斧头落时，树被削开；斧头起时，树又合上。按理说这样无谓的重复是对人生莫大的讽刺，也是典型的剥削劳动力的教材，在人类的势力范围内，是违反地球国际劳动法的，但是太平洋的警察也管不到上面，充其量只是托人不知去哪儿撬了几块泥土回来，然后细细分析说刚哥是被玉皇老帝罚的。这使我想起了西西里斯的神话，他也是同样的，把石头从山下推到山顶，又有"主宰"让它滑下来，又再一次推上去。一如生命苦海，无终始的重复……也不知珠帘半掩的姐姐能否掩面窃笑。有时我想，自己如果是只烂猪，那也是人生一大幸福爆棚。

月亮的一面总是亮的，这说明月亮的另一面可能不亮。不亮的原因不是太阳照不到，而不是我们看不到。我们的某代祖先是摸象的四位瞎子，所以我们秉承祖训，一定要把看不到的东西说成是不亮。比如说你不给我办事或者不给我开方便之门我就会自欺欺人地哼唧说东方不亮西方亮。如果你要是说如果西方也不亮呢，我就会跟你说西方不亮东方不败、西门吹雪、浪子李寻欢。但是我只不过在欺骗自己，以为就是猪八戒，其实只是

第三辑　采撷忘川之上桂花的幽香

凡夫一个，一个贪妄近乎猪师兄的凡人，一个为势利而四处奔波的俗子……为了金钱，拼命地劳作，或许最终碌碌无为；却害得革命的本钱都搭进去了，又如悟能师兄一样呼呼大睡，只为了贪着梦里的美女，难道连口水都流到嘴角的梦想都不行？

我一直以为自己就是猪八戒，因为我可以在出发前，在高老庄过上一段属于人的生活，拥有人的幸福的爱情，劳动，喂马，面朝大海，伸伸懒腰。同时还能拥有人的烦恼。就算在西行途中，我也一直没有忘记自己不是猪八戒。我可以让师父过得比我好，让师兄师弟潇洒走一回。因为，我把逗乐留给了自己。

我让自己掉到地狱去，想看看是不是魂也跌在那边。我却突然没有了这样的念头。因为你应该知道的，我从来是敢做敢当，就算被打下地狱，我也愿意；尽管它的付出仅仅是摸了一下你的小手心里那一个馊馒头。

我以为我自己就是猪八戒，好不好？我的皮可以制成鞋和袋，让喜欢它的人儿穿着它背着它出去旅游。

责任这东西，还有谁会在乎？人们信奉金钱。死板的教条只会让人面无表情。俺以为自己就是猪八戒，不就是为了能有二师兄一般的脸嘴，在地瓜面前，能够淡定得不狠命地拱壁么？

我没有思想，所以你揣摩不到我的灵魂。我的存在只是一颗猪形态的琥珀。所以，我也不会去负什么爱情的责任。就算一颗珍贵的人参果被你冷漠吃掉。

生命，如果跟时代的崇高的责任联系在一起，你就会感到它永垂不朽。
——车尔尼雪夫斯基

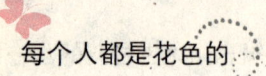

每个人都是花色的

我以为自己就是孙悟空

我以为自己就是孙悟空,因为我可以让唐僧念念紧箍咒,让自己头痛欲裂时保持一个清醒的头脑和优美的姿势,同时可以伴着爵士乐不停翻滚。

我以为我自己就是孙悟空,因为我可以随意高飞,我想来就来,想去就去。

我以为我自己就是孙悟空,因为我可以失去七情六欲,我想爱就爱,不想爱就不爱。

我以为我自己就是孙悟空,因为我可以变化无穷,早上可以和心爱的人在一起,晚上还可以自己一个人听听歌曲,在网络里头和不爱的人玩玩CS。

我以为我自己就是孙悟空,因为我可以天马行空,独来独往;没有什么牵挂,也没什么承诺。

我以为我自己就是孙悟空,因为我可以大声骂人,我想爱搞哪个就搞哪个,不用经过联合国的同意和某B国的授权。

我以为我自己就是孙悟空,因为我可以借用定型法,让心仪的美女定定地站在那儿,待着我去爱,等着我去制造一出悲喜剧。

我以为我自己就是孙悟空,因为我可以大声狂叫,可以飞天入地,把

第三辑　采撷忘川之上桂花的幽香

自己化成一道光纤，击穿你的电脑荧屏，拉你回滚滚红尘，不再沉醉在春风的吹拂里。

我以为我自己就是孙悟空，因为我可以做一回周星驰，笑着对青霞说，曾经，有一份爱摆在我的面前，而我却不懂珍惜；直到失去了这份爱，我才发觉，原来……

我以为我自己就是孙悟空，因为我可以让唐僧念念紧箍咒，让自己头痛欲裂时，保持一个清醒的头脑和优美的翻滚的姿势。

我以为我自己就是孙悟空，因为我可以做一切自己想做的事，翻一个筋斗云去大千世界旅游，然后采来西方一朵清莲放在你手中。我以为我自己就是孙悟空，因为我可以隐身让你视若无人而我却可以笑着读别人写给你的文章，让自己笑得非常猖狂非常得意忘形，让自己再一次笑破自己的肚皮。

此刻，我明白自己就是孙悟空：凭着手机的 QQ 空间起誓……

生命不等于是呼吸，生命是活动。

——卢梭

每个人都是花色的

我以为自己就是白龙马

拈花微笑。溺水没有化去我浮沉的力量。锤炼的金刚石上，虚伪、懦弱的我地失去了一切表达的勇气。为了一个痴字，我只好默默地修着苦行，以无我的方式，去救赎本原。

我以为自己就是白龙马。

你在他人眼里是如此英俊潇洒风流倜傥，却不知有时总是成为一种负担。

白龙马可以自嘲，不要叫我小白。我不是蜡笔小新的宠物。

我有龙的灵魂。不要小看我的外表。其实我有一颗纯纯善良的心。我以马的名义，陆地行走。虽然我向来行空。

当我以为我自己就是白龙马时，我和我的小伙伴就呆了。我不明白自己想要说些什么。当我一直努力想象着白龙马原形的时候，一匹白的龙马就在我的胸口奔腾。很多的时候我们都在努力去学会关怀对方。很多的时候我们也的确在努力尝试。

但是白龙马没有眼泪，只有鲜红的液体，怕只怕泪水滴下江河，路过的小鱼闻后也会跃过龙门。一个人在成长的路上我总在学会微笑。

对待他人的无奈，也对着自己的无奈。

可是，一个有关乎心旁的字，有如针孔的东西，我却纵跃不过。万水千山只等闲，我轻轻一跳、便可全收足下，也不必像大师兄一般，先要来个诀咒，然后还有费劲地翻筋斗，才有十万八千里云程。我只是轻轻一点，心境在瞬间已过万重山——三千大千世界，于我如微尘；可是！这一个字，小如微尘的它，却大若三千大千世界，我被雷电了一下，失去一切跳跃的力量，终归摔倒。

拈花微笑。溺水没有化去我浮沉的力量。锤炼的金刚石上，虚伪、懦弱的我失去了一切表达的勇气。我痴笑着含着泪水，回过头去看看二师兄、大师兄，对付三毒，我何曾有过戒、定、慧啊！为了一个痴字，为了自己生慧，我只好默默地修着苦行，以无我的方式，去救赎本原。

呵，这次第，我怎么不知道自己只是以白龙马的名义来向世俗宣告我的存在？轻如鸿毛的我，如蚕，为了不被伤害，却将自己层层包围、困扰在其中！

我在乎自己是什么，有时是爱情，有时是名利，有时却什么也不是；就像一堆臭狗粪，然后引来苍蝇嗡嗡嗡地在我身边转。我以为我就是白龙马，所以我比较喜欢淌下江河湖海，我遨游；我放纵；我潜龙勿用、我见龙在田、我飞龙在天、我亢龙有悔，然后我使自己坐在小龙女急切的期待中，化成天龙八部，守在佛的柱上，像思想者把灵魂钉在羞耻杆上。

友情与爱情俱在的日子里到处充满了阳光。有一种爱叫理解，有一种牵挂叫彼此关怀，也有一种无奈叫触手莫及的渴望。还有一种爱注满我的眼睛，就像强忍的泪水，时时不让它滑落。

也许是在雨里的无声呼唤，是在寒风中的瘦削凝视，在女性的背后，男子学会了无言的祝福，无限的想象被全方位延伸。爱的信念在一刹那间变得那么脆弱起来。东风吹遍，寻找不回那一棵绛珠草。

人总是在无奈的苦楚中长大的。或许你来了，或许你已来过，但，偏偏我们却走失在时间的理念里。错的不是你，也不是我，是我们之间成熟起来之后所带来的明理。拒绝真的是需要勇气的，而你却连自己擦拭泪水

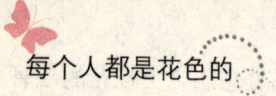

每个人都是花色的

的勇气都失去了。

也许更是我自己的过错。时间它肯定同意在某一刻停下来，等待着我的到来；而我退却了，而我懦弱了。在选择的一刹那，我被自己冻伤在心坎一边！

接下来是空间问题。时间可以解决，先后也不成问题。你的先来，也可以等待；或者你的未曾到达，也可以通过 QQ 留言。在前生相约的时候，说过今生不要执子之手，但是，至少也要在同一个地方，同一个时段，相知相见。但没有。

我是一条普通的小虫。而你，却是天边一抹绚丽的彩虹。

一个能思想的人，才真是一个力量无边的人。

——巴尔扎克

第四辑

絮语低鸣在一棵金银花间

金银花是著名的庭院花卉，花叶俱美，常绿不凋，适宜于作篱垣、阳台、绿廊、花架、凉棚等垂直绿化的材料，还可以盆栽。若同时再配置一些色彩鲜艳的花卉，则浓妆淡抹，相得益彰，别具一番情趣。

每个人都是花色的

闲读诗经

"采薇采苹",我向往三月的江南。那一望无际的荷田、鱼塘、茅屋……夏天到了,有一塘一塘的荷儿出现,虽然周围没有观赏的人群,游弋其间的是鱼儿小虾,一样亭亭的碧色的叶,洁白的、素净的、粉红的花娇艳,一朵朵精致得宛若雕刻,亭亭玉立在最简朴的水塘里。

"关关雎鸠,在河之洲。窈窕淑女,君子好逑。参差荇菜,左右流之。窈窕淑女,寤寐求之。求之不得,寤寐思服。优哉游哉,辗转反侧。参差荇菜,左右采之。窈窕淑女,琴瑟友之。参差荇菜,左右芼之。窈窕淑女,钟鼓乐之……"悠悠轻扬的琴声中,细细品味诗经的韵味与奥妙,使人得到无穷乐趣。

《三国演义》里面有一节描写一户人家品行高洁,熟读《诗经》,连他的女奴们对话也是句句引用诗经。"胡为乎泥乎?"一个女孩子问另一个女孩:你为什么站在泥中啊?女孩说:"往彼适怒。"去的时候刚巧遇上主人在生气。结果说了几句话,被主人罚站了。一位文人闻知,大叹不已:"其风雅如此。"非常欣赏。

第四辑 絮语低鸣在一棵金银花间

诗经是我国最早的一部诗歌总集,共收作品三百零五篇,分为"风""雅""颂"三部分,都因音乐得名。

"风"是地方乐调,收录当时十五国的民歌;"雅"分大、小雅,多为贵族所作的乐章;"颂"是用于宗庙祭祀的乐歌。在休闲轻松的乐曲声中读诗经,曼妙的感觉侵占全身。

诗经的风雅的确是中外无他可及。现在所说的"风骚"一词,其实就是《诗经》的《国风》与屈原的《离骚》简代合并的。读诗经,是要讲究它的节奏的,吟唱起来的口感就十分流畅优美。而有时,放上一点"背景"音乐,比如《高山流水》《凤求凰》、《二泉映月》……更是能读出不同的韵味来。

"青青子衿,悠悠我心。纵我不往,子宁不嗣音?青青子佩,悠悠我怀。纵我不往,子宁不来?挑兮达兮,在城阙兮。一日不见,如三月兮。"这一首也是我比较喜欢的。特别是新近远方挚友小云引用了其中几句给我之后,我越发发觉这首诗的妙处。于是我也以取笑的心理把:"摽有梅,其实三矣"回复了她。

"呦呦鹿鸣,食野之苹。我有嘉宾,鼓瑟吹笙。吹笙鼓簧,承筐是将。人之好我,示我周行。"这一首同样不可不读,读毕同样感想万千。在咚咚的山泉流水声中,可闻幽谷鹿鸣,一种含蓄、清纯、羞赧、喜悦、友好的感觉油然而生。

它出自《小雅·鹿鸣之什》。因为喜欢诗经,所以我连小雅这个词眼也感觉特别亲切。曾作为一篇小说里面的主人公名字。可惜她说:此情可待成追忆,只是当时已枉然。两年前又对我说:还君明珠双泪垂,恨不相逢未嫁时。原来她已为人妇。

"采薇采苹",使我向往江南三月,那一望无际的荷田、鱼塘、茅屋……夏天到了,有一塘一塘的荷儿出现,虽然周围没有观赏的人群,游弋其间的是鱼儿小虾,一样亭亭的碧色的叶,洁白的、素净的、粉红的花娇艳,一朵朵精致得宛若雕刻,芙蓉颜色,亭亭玉立在最简陋的水塘里,出淤泥而不染!而采荷的少女,穿着绿黛的衣裳,与荷香、荷色浑然成为

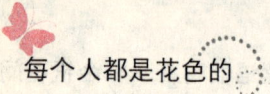

每个人都是花色的

一体，分不清是梦里水乡，还是经里曲令；是夜里梦回，还是置身江南……那些意境，实在美丽。

"坎坎伐檀兮，置之河之干兮，河水清且涟猗。"这一句大家是不是也觉得很熟悉？呵呵，原来鲁迅在一篇文章里就引用它。是《三昧书屋》吗？手执经书，恍惚与先人对坐，设席品茗，听风沐雨，洗涤情愫。在琴声读诗经，诗意总是暖暖存在人们心中的，诗经的清雅让人陶醉。

人生有两出悲剧：一是万念俱灰，另一是踌躇满志。

——肖伯纳

第四辑 絮语低鸣在一棵金银花间

闲话音乐

在音乐中体味人生,从人生中熏陶音乐,总是一种特级享受。音乐,同样能以绘画、文学的同等的力量去影响世人。德国有一个叫尼采的这样说道:没有音乐,生活将是个错误。

"此曲原应天上有,人间难得几回闻"。唐明皇在中秋夜赏月,罗公远用道术化手杖为桥引明皇到月宫一游,明皇返后觉得月宫里的音乐非常好听,于是便凭记忆谱写了一曲《霓裳羽衣曲》供宫娥美女们演唱,后来也将此曲引申为人间不可多得的美妙乐章。

其实我国最早的诗歌总集《诗经》全部也是配上乐曲的,通过吟唱的方式使诗词愈传愈远,弥久弥新。有人类的地方就有歌声。诗以言志,配上一定的乐韵,更是朗朗上口,吟唱悠然。著名的《高山流水》可谓阳春白雪、曲高和寡,所以要觅知音,能弹能唱还要有能欣赏者,不然就成了对牛弹琴。唐朝诗人王维所作的"劝君更尽一杯酒,西出阳关无故人"意味深长,谱上曲子是为《阳关三叠》。

在广州中山纪念堂听过傅聪的钢琴演奏,在二沙岛星海音乐厅叹过叶咏诗指挥的大合奏,置身其中的美妙感受可谓绕梁不绝,于今难忘。

说来真是可笑,音乐在人们生活中的概念是如此浅薄,可是却总有更多的人对音乐的追求与向往一往情深。尤其音乐在人们最落寞的时候，给了大家多少鼓励和力量，让人感觉到了生活可贵与脱俗的另一面。人生，因音乐而多姿多彩啊。

是的，唯有不懈追求，才使人时时感知到生活的可爱与可贵，体味到人生的无奈与多情。对音乐，是否我们的日子里还太贫乏呢，甚至是孤陋寡闻，什么都不知，在它面前，还要造成那么多的误解，真是笑人。

绘画，令人看到她丰艳的一面，也惊叹于她的丽光四射；文学，使人感叹其丰富多彩、曲径通幽与绚丽多姿的一面。而音乐，我们却知道多少呢？或许，日常里我们总在接触它，却常常将它忽视。

文学与绘画最后给了人们一记耳光。她说，被浑蛋所赞美，不如战死在他的手里。她们替姐妹音乐不被人正视而愤怒——当然，这一句是契诃夫说的，可是她们并不为人类只知道自己的存在而高兴。

柴可夫斯基、李斯特、贝多芬、莫扎特、肖邦、卡拉扬、帕瓦罗蒂、帕格尼尼……太多太多的音乐父亲让她变得如此多娇、如此年轻！黎巴嫩诗人纪伯伦如此描述他心中所热爱的音乐："她好似明灯，驱赶心中的黑暗，照亮了心房，使心底隐藏的一切呈现出来。乐曲在我看来，是真正自我的倩影，或是生活的感觉的幻象，心灵如同明镜，立于世上各种事物和各个行为的面前，反映出那些倩影和那些幻象的画面。"

她真的是和姐妹们紧紧相连在一起的。音乐，同样能以绘画、文学的同等的力量去影响世人。如果你在午夜打开 CD 听到那《梁祝》《卡门幻想曲》《园丁的女儿》《命运》，你感受的何止是音乐的力量？

让自己被音乐感动，让音乐走进你的人生，这正是我本人所想追求的。只要心中有爱，有关怀，有真情，音乐，将不会老去。

有人说，法国巴黎是一个成熟的少妇，她的浪漫与文化氛围足将你醺死；而奥地利维也纳的内涵与风韵，也许更是你毕生向往的梦中灵光，作为世界音乐之都，它的希腊古典式风格建筑和金碧辉煌的装潢，奇特的音响效果和权威的音乐评价，将带给你非同一般的感受。

的确，从宋祖英、彭丽媛到祖海，我们都可以领略到国际级歌唱家在

第四辑 絮语低鸣在一棵金银花间

世界殿堂维也纳演唱的风范。我印象最深的是，为更好地宣传2010年上海世博会，祖海在维也纳首开她的个人演唱会。那一夜，国内几家省级电视台同步转播，使我们也有幸欣赏、享受到高水准的音乐盛会。夜深沉，而我独自一人半倚半坐在客厅的沙发上，关上灯，全神贯注地沉醉在祖海有如天籁的演唱中。那一刻，让你体会到什么叫音乐无国界！一切的语言都难以表达音乐的魅力！

而印象中，同样令人叹为天籁之音的还有2009年西安法门寺安奉世尊释迦牟尼佛指骨舍利的法会上，听身披一袭白衣、双掌结持手印的王菲演唱《心经》妙曲，如歌如诉，婉转动听，惊为天人，不由令人深深陶醉。

从音乐中体味人生，从人生中熏陶音乐，总是一种特级享受。德国有一个叫尼采的这样说道：没有音乐，生活将是个错误。

人只有献身于社会，才能找出那短暂而有风险的生命的意义。

——爱因斯坦

每个人都是花色的

阅读纪事

又是一年过去，重新翻起书本，温故而知新……书本会引导我们去读更多的书，因一本书而引而多读了三五本，也算有趣。

新符辞旧岁。书无籍，爬上树。蓦然回首，发觉又是一年过去，竟然没读过什么书——纵是读过怕也还了书柜。汗颜之下，强搜肠刮肚，以滥竽充数，作一年事纪。

曾在某夜，凌晨4、5点，起床。四周一片寂静。亮开灯，洗漱。捧着《心经》，静静地细读。案前，白净的玻璃瓶有盛开的茉莉花，配上一杯氤氲清茶，庄严温馨。"是诸法空相，不生不灭，不垢不净，不增不减……"整个身子全部放松，让自己的心灵得以净化。静得空灵，书与人融为一体，宠辱不惊，去留无意。

曾在深夜，无意间收看到凤凰卫视。播放西安法门寺安奉佛指舍利子大典盛会，一曲曼妙声音传来，只见一女子，身着洁白素衣，表情凝重，手结莲花印，慢慢地升上台来。细看，原来是王菲正轻唱《心经》，惊若天籁。

因为喜欢《心经》的缘故，所以又读了元音老人的《心经抉隐》和源乐法师的《心经解行录》。心存感激。同样的，读了《金刚经》之后，

第四辑 絮语低鸣在一棵金银花间

再次重温了南怀瑾大师的《金刚经说什么》，忍不住著了相，再看南师的其他著述《易经系传别讲》《老子他说》《楞伽大义今释》……因一经书而多读了三五本书，也算有趣。

看《南方日报》，喜欢郭珊在《疯狂的舌头》栏中的调侃，聪慧而狡黠，辛辣而诙谐。喜欢她和她的同事们在《娱乐周刊》上整版整版的狂登《2009年娱乐盘点——寂寞春晚》从《1传奇：不要迷恋哥，哥只是传说》（郭珊）到《2逝者：人生就像一个茶几，上面摆满了杯具和餐具》（李培），再到《3丑闻：贾君鹏，你妈喊你回家吃饭》（郑照魁）和《4情事：哥谈的不是情，是寂寞》（陈祥蕉），四大名记专门撰文，回顾这一年，罗列出文坛、网络、影视怪象。入木三分，令人莞尔。

看《揭阳日报》，喜欢郑赟在《阅读》版上没心没肺狂野地撒缰。游刃有余的文字技巧，女性特有的细腻和敏锐洞察力，独立的思想与个性，无法触及的思维与招式……不怕跟她比试汗牛充栋就放马过来吧。她在《是什么在支撑希望》（《揭阳日报》2009年4月18日）中，公开标榜自己是一个"只能在市重点中学当一个正取的小混混"，而她的朋友却以每天让她觉得可怕的精神在学习并最终考上了华附。人活着是什么在支撑着希望啊？郑赟无需跟你言明，一切只在她的绕梁三日回味无穷令人记忆犹新的影评文章中。《谁的心在等待进入——评电影〈空房间〉》《我爱你，只因背影——电影〈云上的日子〉观感》《一杯绿茶，冷暖自知——电影〈绿茶〉评析》《一个和尚的思想斗争——电影〈青蛇〉赏析》《除了迷乱，还剩下什么——电影〈八月迷情〉乱谈》等，精妙的笔法，跳跃的思维，聪颖的光芒，睿智、冷静、敏锐、虎虎生气，令读者不敢有丝毫怠慢，以免一不小心就被文字绊倒，思路被打断，思维被肢解，只能屏气凝神小心翼翼用心去读。在《一个和尚的思想斗争——电影〈青蛇〉赏析》中，她有些惋惜而又有些不屑地说："我们年少时常常怀着纯洁美好的梦想，生硬地排斥不符合想象的事物和潜规则。然而有一天我们终会面对那个黑暗而真实的世界，这时我们才发现童话是多么不堪一击。于是有人抱着童话死了，有人抛弃了童话扑向盛大的污浊……"影评不难写，难在于

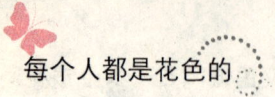

每个人都是花色的

写出独特的个性，狡黠的灵气。这的确令"多少人一提起'《揭阳日报》阅读版郑赟的文章'（此处原文为'《山村老尸》'四字）立马被吓得惊声尖叫……"说惊声尖叫有点夸张，但拳头擂桌还是有的：这小女子，把读文章的人逼上梁山了。

书本会引导我们去读更多的书，像在《金刚经说什么》中读到"人似秋鸿来有信，事如春梦了无痕"和"溪水无非广长舌，山色皆是清净身"时，满心喜欢，又找来苏轼的文章再回味。在报刊上读到了《第15届国际潮团联谊年会在穗开幕》和《黄霑梁羽生都是饶公弟子》，就会乖乖上网搜找饶公（宗颐）更新的资料，同时探赜索隐，又查到季老（羡林）更多的情况。巧的是，多年没有联系的陈儒斌先生（原系广东美术学院讲师，因仰慕饶公，专门选攻了饶芃子先生的古文学博士），竟然在网搜的时候，也跃然纸上，呵呵，此君原来已数年前毕业去了美国，当新闻记者。

读书如棋局局新。回过头来，又是一年，重新翻起书本，温故而知新。书中自有千钟粟，同一部《红楼梦》，"经学家看到易，道学家看到淫，才子看到缠绵，革命家看到排满，流言家看到宫闱秘事……"，同一个读者对同一本书，在不同时间、不同环境，也会有不同感受。虽说书到今生读已迟，但也无妨趁此青春少年时，先睹为快，为今后结缘。

社会犹如一条船，每个人都要有掌舵的准备。

——易卜生

感恩的精神

事实上,每一个感恩的人,都会有一个教诲他"懂得知恩"的母亲,同时自己拥有一颗博大的"感恩"的心,才会去施行感恩,并且感动身边的人们。

　　古今中外,世人尤其看重"感恩"。言人恩深者谓"恩重如山"。感救死之恩,曰"再造",引申为恩惠极大,如同给予第二次生命,是"恩同再造"。唐代宋璟爱民如子,百姓称其为阳春有脚,比喻他走到哪里,就将春天的温暖带到哪里,这是如瞳瞳春日遍照大地"恩可遍施"的情形……如此这般,莫不是施恩、受恩者感人典故。

　　"慈母手中线,游子身上衣。临行密密缝,意恐迟迟归。谁言寸草心,报得三春晖。"与韩愈最契合的诗人孟郊,一曲《游子吟》更是吟唱出感怀慈母深恩的典范。文章先从游子出行前慈母为其细缝身上衣物着笔,渲染出母子惜别、母爱深厚的情怀。慈母手中的线,何尝不是心脉所化,一针一线,针针挂心,线线牵情,临行恨别,惜归问期,一个"恐"字承寄了慈母几多担挂,几多热盼呵。至此笔锋一转,"谁言寸草心,报得三春晖。"这一份永恒的暖人心弦的春晖啊,一个"报"字怎能了得?寸草之心如何报答得了?诗句朴实感人,以生活中一个普通平常的镜头,勾勒出一幅母子情深、母爱如山,令人鼻子发酸、难以承受的亲恩图。乳鹿跪哺，乌鸦反哺，鸟兽幼灵尚且如此，万物之灵更须感恩。

《西游记》第九回"陈光蕊赴任逢灾，江流僧复仇报本"所讲的唐玄奘在上西天取经之前，仍不忘拜谢父母生育之恩、长老师父抚养教诲之义，以及唐王太宗托付重任之情。恩情再三感谢，身体力行、言行一致，堪称表率。

"迷时师度，悟了自度"的禅宗六祖惠能，以一闻经语、心即开悟的"顿悟法"深得五祖弘忍大师真传，师成速去之际，念念不忘亲师敬长，以其"明心见性"而抱怀感恩至理，称"蒙师传法，今已得悟，只合自性自度"，不敢再劳五祖摇橹送行。此后一花生五叶广传佛法，"惠者，以法惠施众生；能者，善作佛事。"以慈善、仁爱、感恩之心度世度人。是以五祖大叹"以后佛法，由汝大行"。

刘继宁师兄是一介文人，其职业是电视台记者，"常怀感恩心"是他为人处世的高大情怀，他不仅常常发挥职业优势为社会弱势群体呼吁求助、深鸣不平，还身体力行热心为孤儿、老人捐款捐物，做好事。刘师兄更是一个大孝子，知道自己外出采访时母亲总会在家默默牵挂，每次总忘不了百忙中抽空致电于慈母报以平安，以慰母亲一片"儿行千里母担忧"之情。偶尔刘师兄出远门回来，脸上总挂着他"招牌式"的笑容，手中更少不了送给母亲一份沉甸甸的礼物，母亲有儿如此，焉能不开怀？

刘师兄写有一文，字里行间无不寄托对母亲的敬爱与感激，文中写到他有一次出差回来给母亲买来一件衣服时，母亲又喜又嗔，责他不该如此重世俗礼仪花了钱——其实阿姨心里何尝不是美滋滋的呢，作者还在文中配上自己拍摄的一幅照片，给读者留下了深刻的印象，刘师兄此文还入选《为了母亲的微笑》一书，得到众人好评。

诚然，能怀感恩之心者，往往都会先感动自己。刘师兄所做的一切，我明白：他会先使自己感动了。儒家说"修身、齐家、治国、平天下"，我想刘师兄就是最好的演绎。事实上，正是刘师兄有一个教会他"懂得知恩"的好妈妈，同时自己拥有一颗博大的"感恩"的心，才会去施行感恩，并且感动身边的人们。

第四辑 絮语低鸣在一棵金银花间

陈染,无处告别

"居不幽者思不远,形不愁者志不广。"大凡孤独者,都难以不感受到思维的远阔。

再见陈染。

我们不可能知道,也不必知道,有多少人在关注着陈染,就像陈染自己不知道,也不必知道一样。

她是天马行空的。大地的沉默,虎狮的吼啸,一样久酝气力,心头的牵挂,风中的扯痛,令关注的目光愈更深远。叛逆、偏激、忧郁、冷峻,她的个性愈更显突。才思过人,掷地有声,她有自己的思想领域和思考方式。她将理性的思考,转化为自己的文字,与大家进行多方位的交流。

一石激起千丈浪。我们在1985年《青年文学》上见到了《嘿,别那么丧气》,我们便开始惊讶并留意起陈染来。我们见到了固守着自己"城堡"者的某种符号与信念,接下来,《与往事干杯》《无处告别》《嘴唇里的阳光》《凡墙都是门》……她的冷酷,她的细腻,她的激情,无一不撩拨着我们的心弦,而且曾一度牵引着我们一同去思考。"从某种意义上说,陈染的作品系列从一开始,便呈现了某种直视自我,背对历史、社会、人群的姿态","她自己的生命体验无疑成了她最重要的写作与思考对象。"——戴锦华在《陈染:个人与女性的书写》里就曾这样客观地评说过她。

这是位沙漠中孤独的艰难的跋涉者。高尔基在谈到罗曼·罗兰的孤独时，说过："一个人越是不同凡俗就越伟大，也越孤独……对于罗曼·罗兰这样的人，孤独是使他更加深刻、更加明智地观察生活的需要。"我们想起了凡·高，想起了毕加索，想起了贝多芬、屈原、杜甫……古往今来，孤独者不乏其人，正是非凡人所能承受的寂寞，磨炼了非凡睿者的思想火花，并且激励着，秉承着，前进着，才有了非凡的精神财富。

思想者是孤独的，她的孤独，使她常常与自己的灵魂对话。而独特的思维动作，作品"个人"或"个人化"的写作方式，便成了陈染小说的主要手法。这也使陈染一开始就与众不同，给了大家一种痛快淋漓、耳目一新的感觉。

"居不幽者思不远，形不愁者志不广。"大凡孤独者，都难以不感受到思维的远阔。陈染自己也认为，"凡是不以每天翻翻报纸为满足，并且习惯于静坐深思、不断自省的人，都会经常退回到她早年的故事中，拾起她成长的各个阶段那些奇妙的浮光片影，进行哲学性反思。"思想、感悟、触发，她内心备受审判，她甚至还有些害怕起来，她知道自己不可再麻木，也不可再沉默。——"消失了的被怀念者"，就像她在书里所说的一样，我思，故我在。只有思想的劳动，才能更自然地显示自己的存亡。正因如此，沉默着的陈染才让读者看到，酝酿中的东西终归一天会爆发。《声声断断》和《不可言说》这两本书，我们从中可看到陈染生活中的点点滴滴。

关于她，王蒙说过："她有一个又清冷、又孤僻、又多情、又孤傲、又细腻、又敏锐、又无奈、又脆弱、又执著，堪称是活灵活现的呼风唤雨、撒豆成兵的世界。"不断地品读陈染的作品，便不断有了新的惊喜。或许，在静夜里再次将《声声断断》和《不可言说》跟以前的陈染文集参照起来读，更能使我们看到一个全面的、全新的她。

第四辑 絮语低鸣在一棵金银花间

读了一个南怀瑾

往前，读南怀瑾大师著作时，总有一种追仰先贤、承古人教谕的感受，以为南师已然作古。如今，惊闻南师安详圆寂，已然作古之后，重读南师大著，师之慈祥宛容，历历在目、栩栩如生。

（一）刚日读经，柔日读史。管它哪日，案牍搁书，信手拈来——不知哪一年哪一天，见到友人书桌堆放一大沓书，从中取出一本《易经杂说》，不意竟读得入迷。

谁说书非借不能读？毕竟是借，读得不痛快。记下书名，连夜于市区书店购买。

读了南怀瑾，攸忽天地宽。按《易经杂说》所讲，未来之事，皆有定数，亦有变卦。处于既济与未济之中，不觉迷惘：命是先天，运是后天。如何去通晓把握？更重要的是，怎么用今天、后天之运，去化解转变先天之数？

来了。问题一个又一个，接踵而来。南怀瑾大师，就在不动声色之中，引你入门，轻巧善妙地告诉你一个道理，而后又引导你自己再思考、再提出问题，再让你去书中寻找答案，从肯定、否定再肯定，从否定、肯定再否定，不一而足。书中自有黄金屋，看你能不能把握。

《易经》是儒家六经之首，而与西方的《圣经》、印度的《吠陀经》并驾齐驱，为世界文明三大经典。读了南怀瑾大师的《易经杂说》《易经系传别讲》，让人对博大精深的千古奇书《易经》愈加兴趣，既能旁敲侧击、汲取个一知半解，更能引人入胜，如水归海。

其实，简单的事理，想深了，就复杂了。复杂的事物，看淡了，就简单了。大道至简，大钟稀音，大象无形……古人将世间、宇宙、万物精简至一阴一阳两个符号，道家也谓之道，推崇备至。而从阴阳两爻，又反射衍生出无穷无尽的象、数、理，一即一切。

南怀瑾大师说，如果你能稍读懂了易，智慧具足，你也可以造出某某易解、易学，属于自己的法则来。如西汉田何易、孟长聊孟氏易，京房、费直、管辂、陈抟、邵雍、苏轼、朱熹……当然，这也有半开玩笑的成分，不同的学者，功夫深浅、见解不同。

（二）《老子他说》是南怀瑾大师为《老子》作的讲记，让你明白道和理。回过头来同样让你喜欢上《道德经》，懂得为生之道，为人之道。明白天地之道，道法自然。《论语别裁》是南师关于《论语》的讲演录，旁征博引，拈古提今自成一家，使你愈更痴迷和赞叹中华文化的博大精深。

慢慢导引，又看了南怀瑾大师的《禅海蠡测》，步步莲花……于迷茫中略有所悟，困惑里稍有所解。《金刚经说什么》，引你进入佛学的知识世界。

《禅话》，是南怀瑾大师撰写的一部介绍早期禅宗人物和史事的著作。读了一遍又一遍，回头来，反问一句，禅话话什么？不可说说什么？你看懂了么？看懂了的你，又是哪一个？

《楞伽大义今释》《楞严大义今释》，更不好读了。没有相当的佛学知识、佛教理论、佛缘佛智，只能暂且放下。

南怀瑾大师自1955年出版第一本著述大作《禅海蠡测》，至1988年的《原本大学微言》，包括与人合著、批著总共33本。影响巨大。往前，读南师著作时，总有一种追仰先贤，承古人教谕的感受，以为南师已然作古。如今，壬辰年八月十四日（2012年9月29日）下午4时26分，惊闻南师"在苏州太湖大学堂安详圆寂，寿终正寝，享年95岁"这一刻之后，重读南著，南师之慈祥宛容、循循善诱、苦心教诲，历历在目、栩栩如生。

南怀瑾大师精通易经、国学和佛学，其著作多以演讲整理为主，内容往往将儒、释、道等思想进行比对，别具一格。"上下五千年，纵横十万里，经纶三大教，出入百家言"。中国社科院博士生导师周瑞金，以南师学生代表的身份，褒赞南师促进两岸和谈之功，称南师为中华传统文化集大成者。

（三）南怀瑾大师1918年3月18日出生于浙江乐清。幼承庭训，少即广泛涉猎经史子集，礼义具备，诗文皆精，以神童名闻乡里。并习各派武术，稍长离家，求学于金陵大学研究院社会福利系，后转赴成都中央军校。抗战时期，先是投笔从戎，执教于军校，后辞去教职，发心学佛，遍阅佛学经典，遍历名山大川，寻访高僧奇士，在名寺闭关研修佛学，得多位著名高僧、活佛传授。

1949年，南怀瑾大师到台湾后，设帐授徒，讲授中国传统文化经典。1988年，南怀瑾大师返抵香港定居。2000年，在江苏吴江开设太湖大学堂，以践重续中华文化断层的心愿，直至去世。

南怀瑾大师著作颇丰，大致分为儒、佛、道和文史诗词，诸多追随者及其弟子，叹为观止其精通义理、注重修持，善于把深奥道理说得明白，妙语自成一家。悼念与缅怀南怀瑾大师的人们，称他为"为天地立心，为生民请命，为往世继绝学，为万世开太平"的现代儒士。

（四）南怀瑾大师也有诙谐逗玩的一面。如他讲小时候，曾跟一位异人看风水地理，这位老前辈在帮南师父亲做坟时，指定要"挖下去二丈二尺深"，"因为这是块金色莲花地"。当挖到一丈二尺深的时候，中间出现一大块土地呈金黄色，整片形态像莲花一样。但老师仍说还要挖、还要挖，一直挖下去达到那个深度为止，愈加金灿灿地……老师怎么知道的？这不是迷信，这是最高的理论科学。

每个人都是花色的

南怀瑾大师还讲到,小时曾在某个小县的庙里诚心抽签,前后两次,都是同一样内容。十年后,在另一处的某庙,顺手一拿签,还是一模一样的内容,这究竟是怎么回事?签文又是什么内容?南师又为什么说"这两支签差不多决定了我这一生的历程"?南师的这一生的历程,又是怎样一个南怀瑾?至此,南师故意卖了个关子,说暂时不可透露,等以后再说。哈哈,这个以后,也不知要到什么时候了!

这也是南师的高明处。因为他没有明说,也没有在同一书里回答。因此,他又一次引导你,去看他其他的文章。

儒、释、道三者合一,嬉戏文字、游戏人间;殊途同归、万佛朝宗的南怀瑾,你读了哪一个?

> 越学习,越发现自己的无知。
> ——笛卡尔

朱熹访子野故里

朱熹访潮,前往直浦都(今潮阳灶浦)麻田山上拜谒北宋高士、潮汕前七贤之一吴复古墓,并听吴氏后人言及复古公与东坡先生生死相交之情和脱俗出世风范,为之感慨,留下"道骨仙风,云鹤翱天"字帖。

    宋朱熹(1130-1200年)是中国理学大家,曾数次莅潮访贤。淳熙十一年(1184年),朱熹再一次访潮,到直浦都(今潮阳灶浦)麻田山上拜谒北宋高士、潮汕前七贤之一吴复古(1004-1101年,字子野,号"远游先生")墓,访南潮村,听到吴氏后人言及复古公与东坡先生生死相交之情和脱俗出世风范后,为之感慨,留下"道骨仙风,云鹤翱天"字帖。

    朱老夫子在这次访潮时,还受到另一位重量级人物梁克家(1127-1187年)的邀请,为揭阳渔湖京冈书题"隐相堂"及书撰《隐相堂序》。朱子著文称"予曾游麻田旧胜,访吴子野夫子讲学问道之场。眺望乎南溪之畔,有厥里居,树木阴翳,车马繁盛。询之父老,谁氏之族也?父老曰:京冈孙氏居焉。"从孙淑彦先生文中一段话语里,不难看出,朱夫子以迂回笔法,先从游南溪对岸的麻田山复古公墓提起,"访吴子野夫子讲学问道之场",再指出眺望南溪对岸,赫然文明大家里居,再进一步引出下文:"乃父宰揭令名进士讳乙者,由高邮而来……"由相关史料可以看出,朱熹数次来潮并留下诗文墨迹,均是不争的事实。那么,朱熹访吴复古故里还有哪些佐证呢?

据记载,复古公虽以道德文章显著而被举为孝廉,宋神宗授以皇宫教授、太子太傅之职,但复古公清逸成性,志不在此,不久以"孝养"为由上表辞职,辞官远游,一时朝野巨卿为之震撼。素有"神童"之称、为人倨傲的天章阁侍制、诗人李师中闻知,不禁赞叹:"白云在天,引领何及。"后苏轼被贬来粤,游麻田山,见复古公辟谷绝食,欣然为之题匾"远游庵",并撰有《远游庵铭》,笑称"吴复古子野,吾不知其何人也。徒见其出入人间,若有求者而不见其所求。不喜不忧,不刚不柔,不惰不修,吾不知其何人也……"。

可以说,朱熹访复古公故里,正是怀着对苏轼同样敬仰的心态,自己对吴复古公仗义慕仁、高风懿德的品德甚为钦服的感情,对前人风范及斯人已逝而触景抒怀、诗以言志的表述,才有宋庆元三年仲秋月"然观吴氏为天下著姓,金枝玉叶之根,又非他姓之可比。世称某公府君、夫人、县君、郡君者,惟孔吴二姓得称"的肺腑之言。

现悉数尽登全文如下:朱熹文正公为吴氏谱序:"按旧谱,吴氏之先始于后稷,至二十二世泰伯,四十一世季扎,九十一世宣公乃江南之始祖也。"

"熹闻上古有言:有叶必有枝,有枝必有根,根不培而枝叶替;有河必有水,有水必有源,源不流而河水涸。故谱不由其鼻祖而修,若叶之无根,水之无源者也,后稷本轩辕之玄孙,安可损数世而不载,则是拔本塞源,根本枯矣。然观吴氏为天下著姓,金枝玉叶之根,又非他姓之可比。世称某公府君、夫人、县君、郡君者,惟孔吴二姓得称。余姓人家并不敢妄僭,亦未有如此递递相传数千年绵绵之系,真可羡而可尚者也。

"今吾得吴姓之子孙,出其族谱,索为校正。由是以鼻轩辕、后稷、泰伯、季扎、历至唐太史兢公传至宣公,自源而流,自根而叶,此所谓固本穷源,亦广先祖之盛德于无穷;而又庆流芳于子孙,万代之绵远也。若

第四辑 絮语低鸣在一棵金银花间

达之天下,则无忘同胞之义哉。呜呼!今之子孙重本敬宗之切于此,未知后世亦子孙慕范前人之意否乎?然吾谓:吴氏之盛,有贤祖宗重本敬宗予前,则必有贤子孙重本敬宗于手,谨序。"此序,谨收录于粤东揭阳炮台南潮村吴氏族谱。

>>>
芸芸众生,孰不爱生?爱生之极,进而爱群。
——秋瑾

每个人都是花色的

复古公与南潮村

吴复古公以"孝养"为由辞去皇宫教授、太子太傅之职,回到家乡揭阳炮台南潮村,为父母在庐墓守孝三年,修身养性,教育子弟。素有"神童"之称、为人倨傲的天章阁侍制、大诗人李师中闻知,不禁赞叹:"白云在天,引领何及。"

潮汕前七贤之一吴复古(1004~1101年),字子野,号"远游"先生,其传略被收进《中国名人大辞典》。公少时天资聪颖,性豪迈慷慨,行侠好义,急人所急,有江湖侠士之风。勤读史书,精通经典,尤重《道德经》,养生有术,性情高雅,清逸人间。

吴氏先祖世居福建武平,复古公为吴氏抵潮五世祖,父亲吴宗统官至翰林侍讲。复古公于父亲去世后,乃从海阳蓬洲都(即今汕头鮀浦)迁徙至今之揭东炮台镇南潮村。按宋朝官衔世袭制度,本来复古公可以嫡子的身份承袭父荫,上朝任职,但是复古公无意仕途,固辞不受,并以其职让于庶兄(即父妾所生之子)吴慈翁,使之授国子监教授之位。颇有吴氏先贤、殷高宗武丁时期泰伯、仲雍与季扎"三让"遗风。故此,南潮村族谱有"让德锡光,名贤传芳,文辉绍纪,奕世永昌"的排序。

宋真宗赵恒在吴氏谱序中提到"吴氏出于姬姓。武王封泰伯弟仲雍曾孙周章于吴，后子孙以国为氏，遂姓焉。"又讲典故"延陵季子徐，徐君爱其剑，口不敢言。季子知其意，及返，徐君死矣！乃挂剑悬墓而去"，称赞"吴氏之谱，姓氏彪炳于天壤；支分派别，勋名昭垂于古今"。

复古公本无意官场，但还是以道德文章显著闻名于朝野而被举荐为孝廉。宋神宗特别召见并授以皇宫教授、太子太傅之职。性情清逸的复古公一时愈加名重朝野，鸿儒巨卿有如王安石、司马光、韩琦、三苏父子、李师中等，为之倾心致腹，悉情交好。司马光编《资治通鉴》，"书成适吴君参政，进治说三篇，余惜未成录焉"，撰序称"吴君博学清重，君子人也；居宰辅，握枢机……公忠于君孝于家，爱于国睦于族，其为天地间之完人也"。然而复古公毕竟清逸成性，寄情山水，淡泊功名，加之时逢王安石变法，生性淡然的复古公私下与苏轼说过，"黄卷尘中非我业，白云深处是吾家"。不久即以"孝养"为由上表辞职，神宗成其孝心，特赐"远游先生"号准公返乡。

吴复古公故居即为现今的粤东古邑揭东县炮台镇南潮村。该地位于榕江"双溪明月"之东，榕江南北两河以"入"字之势直奔汕头海口，江流起伏，气势不凡，且乡居初形原似龙舟，遂起名为"南潮"，取潮水栖蛟龙、寓贤人辈出之意。也合吴氏先祖"逢源、逢塘而居"之嘱。今汕头龙湖、沱浦、揭东玉湖，珠三角乃至国外皆有吴氏子孙遍布，每年农历二月十二为该村"祭祖"之日，前后三天三夜做"大戏"，来自各方祭拜者络绎不绝，热闹非凡。是日，揭东县炮台镇南潮村处处张灯结彩，彩旗飞扬，戏台高搭，锣鼓喧天，一片欢乐、祥和、喜庆的景象。来自海内外的吴氏子孙及知名人士代表出席参加了庆典活动，众人欢聚一堂，祭祀先贤，弘扬文化，为"文化建市"活动添上绚丽一笔。

最初，南潮村因地处榕江之滨、背靠平原、土地肥沃、农渔皆宜，故复古公定居于此后，四方人士如张、黄、卓、詹、赖等多有闻名徙迁而来者。至宋末元兵南侵，战乱频频，众姓流迁，致使南潮暂成废墟，至明洪武三年（公元1370年），复古公第7世孙贞福公为念先祖重归乡梓，整治先人旧业。后，吴氏子孙除世居南潮外，苗裔藩衍，布悉各地。

每个人都是花色的

南潮西南临江，有灯芯草滩盛长，乡人多有割晒用以积席制毡者，一时盛销海内外。而该草滩生长的蟛蜞，捉后腌制，更是海外游子梦思魂萦的下粥好味！村之南有渡名古称"南河渡"，过此即是潮阳。后因改道荒废，今风迹犹存。传闻苏东坡曾至此一游，并应复古公之约手书"海不扬波"四字，一方道出该处江阔似海而水不扬波的奇特景观，另一方也借古典之义，语出周成王时交趾国使者所赞周国："天无烈风淫雨，海不扬波三年矣，意者中国其有圣人乎！"喻江山辈出有人才。西边则为太和渡，也称张厝宫渡，因昔时有张姓户人徙居于此，现复名为南潮渡。过此渡即是渔湖。

再说复古公辞官之后，只身游历各大川名山，回到揭阳，为父母在庐墓守孝三年间，修身养性，整修园亭，教育子弟。后来游山玩水到潮阳麻田山，发觉此处山清水秀，幽静怡人，遂萌生在此筑庵设堂清修之念，回及对亲友与家人说："心隐麻田，居岁寒堂，筑远游庵，以不自非。"谢别妻儿，到直浦都（今潮阳灶浦）麻田山中筑庵辟谷，绝粒不食。素有"神童"之称、少年得志、为人倨傲的天章阁侍制、大诗人李师中闻知，不禁赞叹："白云在天，引领何及。"苏轼为之题匾"远游庵"，并撰写《远游庵铭》。道庵北向，隔小石山和小沼池，为复古公居处"岁寒堂"，元祐党人郑侠为其作《吴子野岁寒堂记》在《西塘集》中有载。

复古公虽与苏轼相差 20 多岁，可谓交谊至深。一道一佛学大成者，情义相投。复古公与苏轼等人情深谊笃，多有文字往来，且继承唐韩文公刺潮功绩，用心致力推广潮汕文化，对推进潮汕教育事业发展、弘扬岭南民俗风情、表彰激励后人起到了极大的作用。

宋绍圣元年（公元 1094 年）八月，苏轼被贬惠州，专程抵揭拜晤复古公，并到"远游庵"参观游赏，留下法贴。有"子野先生，辞其先侍讲之荫，隐麻田山"之《远游庵小序》，有《远游庵铭》："吴复古子野，吾不知其何人也。徒见其出入人间，若有求者而不见其所求。不喜不忧，不刚不柔，不惰不修，吾不知其何人也。昔司马相如有言：'列仙之儒，居山泽间'，形容甚癯。乃取屈原《远游》作《大人赋》……世俗之迫隘也,吾愿从子野而远游!子归不来乎,而吾不往,使罔象乎相求!"

苏轼还对吴复古公辟谷绝粒之事作诗戏之:

"松风溜溜作春寒,伴吾饥肠响夜阑。牛粪火中烧芋子,山人更吃懒残残。"

"卿为不死五通仙,终了无生一大缘。独鹤有声知半夜,老蚕不食已三眠。怜吾解此人间梦,许我时逃醉后禅。会与江山成故事,不妨诗酒乐新年。"

又有《和陶杂诗》:"蓝田近得道,常苦世褊迫。西游王屋山,不践长安陌。尔来宁复见,鸟道度太白。昔与吴远游,同藏一瓢窄。潮阳隔云海,岁晚倘见客。伐薪供养火,看作栖凤宅。"

及《约吴远游与姜君弼吃蕈馒头》:"天下风流笋饼啖,人间济楚蕈馒头,事须莫与谬汉吃,送与麻田吴远游。"

诗以传情达意,专问复古公养生之道,又以儒、佛二学相议,与吴复古公修道论世,执手欢笑,畅谈达旦。

宋绍圣四年(公元1097年)苏轼再次被贬海南琼州,复古公即命其子赴海南捎去揭阳土特产问候。轼感其真诚,也与复古公三子芘孟、芘仲、芘季结交莫逆,大加赞赏,赞"喜子野有佳子弟也"。

其弟苏辙同样与吴复古公及其子弟交情甚好,也有七绝:"马迹车轮满四方,苦为避暑小茆堂。仙心欲促左元放,痴疾还同顾长康。"留赠复古公。

宋元符三年(公元1100年)冬,苏轼遇赦归北,时96岁高龄的复古公,念及东坡情义,决意为之送行,自番禺(今广州)追至清远峡时,因年老体弱,受寒染病,一病不起,于翌年农历四月十三日病逝于归途。苏轼在四川惊闻噩耗,无比感伤,挥泪写下祭文:"呜呼子野,道与世违,寂然自守,阖门垂帷,郁然坐忘,有似子微,或似壶子,杜气发机。遍交公卿,靡所求希,急人缓己,忘其渴饥,道路为家,惟义是归,卒老于行,终不自非。送吾北还,中道奲衣,有疾不药,但却甘肥。问己后事,一笑而麾。飘然脱去,雾散露稀。吾独何为,感慨唏嘘,一醑告诀,逝舟东归……"一尽哀悼之情。今南潮村人将之载入族谱与复古公照前,每有念及者,无不激励共勉。

复古公墓葬于现今的潮阳麻田山,墓前柱联之一曰:高士清名传万古,乡贤哲嗣布三阳。之二:名山宋墓成双璧,令德高风列八贤。之三:归隐归真归斯净境,仰圣仰贤仰止高山。之四:白云在天李侍中引劲,紫气盈岫苏学士留踪。

后来,朱熹老夫子游南潮村时,远远望见江溪对岸,人文成风,往来有序,曾问复古公子孙,得知是渔湖京岗孙氏家椽后,欣然乘舟前往,以迂回笔法,引出南溪对岸,赫然文明大家里居京岗,传为佳话。稍后者,文天祥、陆秀夫也有撰文为《吴氏族谱》作序矣。文丞相著文称"吴氏代有人焉,将有尤者出以其时可也"。表达出对吴复古公的至上敬仰之情。

人的活动如果没有理想的鼓舞,就会变得空虚而渺小。

——车尔尼雪夫斯基

第四辑 絮语低鸣在一棵金银花间

我再也见不到那只鸭子了

一只鸭子的出现、游弋乃至消失,似乎不关乎它周边事物。但它却曾实实在在地活在我们的身边。甚至,人们曾将它当成一员。它的出现,给他们带来快乐。可是有一天它不见了,消失在我的视线里。

不知是野鸭子还是人家蓄养的鸭子,总之它的出现给我们带来了一丝欢喜。楼下的阿姨每天总会扔一些白菜叶给它,而奶奶也会准时地搬来木椅坐在阳台上看它。它快乐地游弋在大楼后面那一小片翠绿的田洼地里。

我开始曾猜测它是鹜或凫。但时间稍长,却又觉得它不是。原于它的肥白优雅,更重要的是,它不会飞。所以,它是一只离群的鸭子。

我想最大的可能是它走失而躲藏于此,不管它是不是有意识地想来到这个地方,但其实这里也并是不理想的世外桃源。这里被我们围剿,绿地在缩小,池水在干涸,沙漠中的绿洲,也成了人们身上一小块遮羞布,残留在人们理想的家园里,渐行渐远。这里在大搞建设,工厂、住房、商店、酒楼……大片大片的农田和绿野成了海市蜃楼。绿野短缩,山被污染,水变混浊,呼吸也变得凝重沉浊。

这片已被征用的小洼地上,推土机在不遗余力地挺进,气势磅礴,轰

每个人都是花色的

轰轰的声音吓人。精卫若能重生,一定拜服机器能力。小洼地中间的一小片莲池也被一个农夫加紧歼灭中……鸭子左冲右突、东躲西藏,最终还是暴露在众目睽睽之下。这正是我们所揪心的——一旦连遮羞布也撕去,它将命丧九泉。

那一天,我突然发觉有一个人在田地里很辛勤地劳动到很晚、很晚,最后他踏着都市少见的月色,哼着小曲归家。我当时就觉得他很可疑——但是我宁可相信他的本质还是如同以前一样的纯朴,也不愿往坏处里想——因为他的身份使我仍存在幻想。可是,第二天一早起来,我就再也见不到那一只鸭子了。

"人若无心,鸥来相嬉。"一个渔夫在海边打鱼,总有很多海鸟飞过来与他嬉戏,一边快乐地吃食他扔过来或漏掉的小鱼,人鸟相处无事。但有一天,这个渔夫听信一个妇人的话,"不如乘机捕捉几只来尝尝鲜?"结果,这一天,海鸟全飞得离他远远的了。这个故事告诉我们,不要轻视动物小朋友们,它们同样是地球上的一员,它们都是有灵性有生命而且能够听得懂人语的一分子。世尊释迦牟尼佛早在菩提树下证得无上正觉的时候,就发出:"奇哉奇哉,众生皆有如来佛性,只因妄念执著,而不能证得。"

人类总是自以为是,认为自己才是地球上一切生物的主宰。殊不料,到头来,把自己的生命也主宰了。连年来的气温上升,天气变化异常,雪灾、水灾、旱灾、海啸、地震、禽流感、瘟疫、非典……这不仅仅是重重敲响的警钟,这本身就是对活在地球上的跳蚤一般的人类的惩罚。

很早的时候,孔子惊闻"麒麟"现世而被擒,愤然绝笔断书《春秋》,他认为这绝不是好兆头。麒麟跟龙、凤凰一样都是动物链的终端,是瑞兽,是仙界佛国的灵宝。跑到陆地上来,可见出现在不妥或不安的空间。所以友人获悉鸭子在莲池中出现,也觉得很不是时间,而且不对地方。于是占得一卦:《豫》之《震》:"初六,鸣豫,凶。"初六为什么鸣豫示凶?友人说,"卦《豫》说,初六鸣豫,是因为志穷也。"呵呵,这倒有点莲穷而鸭现的意思了。

第四辑 絮语低鸣在一棵金银花间

当地球上唯一可以为动物保留一丁点安乐园地的神圣之伞，也被摧毁的时候，你就会明白什么叫绝望的哀鸣和悔之晚矣的痛嗷。豫，鸣叫，本身就不是什么好事。如果有好事出现，它不会也不必欢天喜地大张旗鼓"红旗招展锣鼓喧天人山人海"地炫耀张扬。它出现在人类领域的都市的钢铁森林中的一小点洼地上，本来就浮生了虎落平阳被犬欺的感觉，何况连最后的一块遮羞布都被掀掉，它只有剩下悲鸣的份。

一只鸭子的出现、游弋乃至消失，似乎不关乎它周边那栋大楼上每个人的事，但它却曾实实在在地活在他们的身边，甚至，他们曾将它当成一员，它的出现，给他们带来快乐。可是它不见了。

DH劳伦斯在《查太莱夫人的情人》中就揭露过"工业摧残人的肉体"，而人，却摧残地球的肉体。不见的鸭子，使我蒙羞。这只鸭，它不是人类中从事某一项特殊职业的工作者，而是一只实实在在的禽。

你若要喜爱你自己的价值，你就得给世界创造价值。
——歌德

每个人都是花色的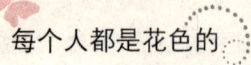

换一种面孔出现在城市街头

从维熙先生说:"王安忆的回答是反潮流的。但久在滥情文化中穿行的人,心中更向往的是一泓碧水,是人性之所悟。"在这片阵地上,是有尊严,有捍卫者的。

赵凝这个名字有些耳熟。我想,不仅仅是赵玫与铁凝的缘故,更主要的是她的作品,读起来给人一种似曾相识的感觉。有时也很惊叹,赵凝把小女人散文给做绝了,不动声色,又狠又辣,一点也不留余地,很多时候读者都被蒙过了,丝毫感觉不出她有什么"小女人"的痕迹。对于此,我们只能说她对自己的作品是下了一番苦功夫的。

"小女人散文"这个理念从上海崛起并像瘟疫一样迅速流行,广州的石娃和黄爱东(西)们也不甘落后,立马操刀响应。石娃写青瓷花瓶子,她就先从董桥先生写起,哗哩哗啦的拉扯了一大通,从剑桥的雾写到广州的旧货市场,都是董先生的影子,说董先生笔下的雾很美,他拥有的青瓷花瓶子也很美,而她在旧货市场上也学会了沙里淘金云云。

小蠲说原本她也很爱青瓷花瓶子的,并且对这字眼特别有感觉,捂着文章就可以想到那文,那瓶子,欢喜得不得了,结果一番陶醉之后,摊开来一看,怎么看怎么纳闷,怎么全是谈与它无关的事情,好端端地浪费了对清元宋古瓶儿的一腔狂热感情；再看黄爱东，一换上名字黄爱东西就女性本性多了。在《最爱湖东行不足》里同样说了一大通稀拉平常的道理，在人人都夸西湖美丽的时候，请大家别忘了东湖，那是一个不该被人冷落的地方，有着被开拓之美。也不管这"湖东"二字出自西湖东面，反正自己用得上就行了。有时也写写现时流行什么风，喜欢听那些 CD，广州哪里有便宜裤袜纸巾卖等等。写她自己从天河城跑到广州百货，屁颠屁颠地买了一大堆便宜东西，心情很不错。又写了今天天气哈哈哈，起床洗脸刷完牙，吃过早餐去逛街的日记。自我感觉相当好。"小女人"嘛，你还想怎么着？

这一类大约是属于我行我素、毫不在乎别人有什么看法，也无谓什么称谓的。这于铁凝、池莉、迟子建、陆星儿、赵玫、张欣、陈染、毕淑敏等等也是有别的。两年前王安忆访问台湾，在台北图书馆与读者见面时，有人询问她对当今文化趋向的看法，王安忆平平淡淡地回答："面对斑斑杂色，我向往古典。"她的话博得了阵阵掌声。从维熙先生说："王安忆的回答是反潮流的。但久在滥情文化中穿行的人，心中更向往的是一泓碧水，是人性之所悟。"在这片阵地上，是有尊严，有捍卫者的。

又是上海，发起了棉棉和卫慧之流的"美女作家"。作为七十年代出生的这一辈，她们开始彰显自我，来势汹汹，率先作出示范，撕开上衣，露出两点，一副我是流氓我怕谁的模样。据说一个写书前还刚刚在街上叫卖过洋娃娃，另一个却干脆打开胸襟对摄影师叫：来，看看，这就是上海宝贝！童月说，卫慧在早期的作品中还标榜过自己熟读普鲁斯特，多少有点矫情，而人们记住的却是她穿美国 CK 牌子的内裤，这未免有些滑稽，不过这也说出了传统的要害：既想扮嘢，又想玩深沉，别人不是一下子就能够接受的。

陈染倒客气些，说她们的作品比较符合她们的青春期特点，充满新人类的一些特征，很有锋芒，大胆而逼人。陈村却认为"日常生活中有许多非常好的细节可以写，完全不必拿这些东西来吓唬我们""卫慧和棉棉都不是一个彻底的作家"，陈村说，"今天专心的作家太少了，我也不专心"。

"不专心"只是当前作家们的一种心态吗?女性文学的延续与突变难道不足以引起我们的重视吗?"阴盛阳衰"的现象与现实之间的冲突还不够文学界好好思索一下吗?

就在男性作家们还在考虑是否也要去拍写真卖广告的时候,赵凝以一副救世主的面孔出现在众人面前。她多少是想搞些新花样来"标新立异"的,在标榜自己对"美女作家"深恶痛绝之余,也不忘划出分水岭,不准别人将她拉到"小女人"的队伍里去,更不要回到张爱玲、苏青那个年代。她天马行空,大胆泼辣,改革开放了。虽然她的样子很可笑,不伦不类,但她时时无不点醒大家,她是属于她"本位"的。学我者生,似我者死。赵凝似乎也沾上了这点派头。

赵凝会表达对这个时代的种种不满,她说看到整版的女作家在谈什么CD口红什么夏奈儿服装,她就有一种作呕的感觉。她说很惊讶某位女作家在描写"运动"前先要写一笔她穿的内裤的牌子,并且还要注明是多少钱一条,赵凝不客气地指出,有这个功夫,人家再热的激情也被放凉了。

赵凝还忘不了顺便调侃一下男同胞们,她说男作家的小说里也塞进不少名牌,什么"黛安芬胸罩"之类的,"男人知道胸罩的牌子,一定是从杂志广告上看来的,而不可能是他与情人在一起时让她脱下来细细研究过、研究完了再办事"。赵凝哪里知道,在当今这个肉欲横流、恋物癖盛行的时代,有什么不可能的呢?———一切都可能发生。

赵凝把自己说得有些悲壮。似乎唯她独具一格,似乎她与这个领域格格不入,可问题却在于她把自己孤立起来了。

——事实上,女性文学的捍卫者可说是源源不绝,前仆后继。最近看了叶倾城的散文,觉得女子的灵气被她表现得淋漓尽致。她说:"好的文章,仿佛窗外月色,只见活泼流动,银光四射。月亮从来不问,此去,是要照亮扬州的水,还是江南女子的梦。"轻盈笔法的散文作者,似叶者其实大有人在,这些都是不可忽视的蓄势待发的一股后备力量。也许正是这一些人,可以给文坛注入一点新鲜的空气罢。

后记

静·夜思

宁静而致远。

灯摇曳长长的尾巴开始清扫街头,猫蹑脚小心踩着屋的瓦。夜已离开了世界,世界一片静寂。如此安详静谧的夜,岂能不思乎?

静坐常思己过,言谈莫论人非。此至理名言也。一长者座右铭:有事静静做,无事静静坐。可见,静字功夫之深,学问之大,非凡夫俗子能以常情度之。静者,草争春而鸣音也。如是,世上没有绝对的静。动静有常,总是相对。南怀瑾先生提过,他老人家60年代在峨眉山修行闭关时,到了秋季大雪封山,山上连一只小鸟的动静也没有,猴子也爬不上去了,整个山顶静得连雪下去的声音也化掉了。大地一片空灵,就是在这样的境界中,他打坐时听到了天谷的声音,很美妙,不是世间的文字可以形容的,他说那真是叫"天籁之音",不敢高声语,恐惊天上人。另有一次是他小的时候,"人家告诉我,稻子会唱歌。我不相信,半夜我约了几个小孩子,偷偷跑到稻田里去听稻子唱歌,把耳朵贴在地面,真的很清楚地听到噼噼啪啪的响,跟放鞭炮一样。"南师指的是生长的水稻,而生活中,我们听到稻谷在仓里唱歌的例子还少吗?

没有绝对的静。树欲静而风不止。静到极点就是易经里所说的"致虚极,守静笃",一切空灵到了虚无,这才是静的极点。有人被关在一间封闭的屋子里,一阵时间后听到自己心跳的声音,受不了,感觉血快要迸出来,只好示意终极实验告败。

但静还是很好的,大音稀声,大智若愚。沸水不响,响水不沸。静者,不表示不存在。相反,叽哩呱啦,无力光靠嚷,终是跳梁小丑,如秋后蚱蜢，蹦跶不了几天，终要落幕收场。如榕城进贤门前两只石狮子，静静地看着车来人往，一声不吭，笑世上可笑之人；看你终日胡作非为，到头来一事无成精神空虚无寄附。正如潮汕人口里说的，我看你枭到几时，我蹲哩蹲三年。老实终究在。另一层意思，是金子总会发光，能者不必多言，只要谦虚谨慎，认真做事，就算是一辈子默默无闻，其功也大矣。

易经"刚柔相济，动静有常"，明确指出静和动如影随形，比孪生兄弟还要亲。世上没有绝对的动和静嘛，一切事物理都在随时变化，八卦相荡。只是一动不如一静，因为动则三分险，"吉凶悔吝者，生乎动者也"，四种结果，吉只占了四分之一。

这么说来，是不是干脆不要动了，所谓哀莫过于心死，什么都不要去奋斗争取了呢？这不是如同行尸走肉一样吗？其实不然，那只不过是消极逃避，堂而皇之找借口罢了。现实世界中，有可能避得了吗？就算是哀莫过于心死，却还有个哀的感觉存在；六祖慧能说过，非风动，非幡动，仁者心动。除非你达到儒家的"无思也，无为也，寂然不动"的地步，或者道家的"无为"境界——完全终止，而且是连"终止"的本身或者这个念头都没有，才能叫真静。佛家称"不生不灭"——也就是究竟涅槃的修行，这才是功德圆满。

佛家的静，不是要你清静无为。印度哲学家奥修说过，静坐，必须整个身和心完完全全地放下，直至连你这个人在"静坐"的念头也提不起来，这时唯一的不运动就成了运动，只有这样，才能进入禅定的模样。一时的静，是为了储蓄能量，以最好的状态，去迎战最大的考验，去争取最大的成就。尺蠖之屈，以求伸也。佛教正是如此，以脱俗出世的精神，做积极入世的事情，慈悲为怀。诸恶莫做，众善奉行。动中有静，静中有动，动静结合，相益互彰。

陟彼崔嵬，以思想的力量竭力向高峰攀越，山色崆峒，夜仍未央。静的内涵广矣。在如此静的夜里，竟然一番胡思乱想，也会思出上面这些文字来，可谓静的魅力无穷，真实不虚，妙不可言。是为静夜所思。且为后记。

吴泓2013年8月15日揭阳榕城。